L'ÂME DE L'EMPEREUR

Né en 1975 dans le Nebraska, Brandon Sanderson a commencé à publier en 2005 et s'est imposé auprès du public comme l'un des meilleurs auteurs de fantasy de ces dernières années, grâce à son cycle des *Fils-des-Brumes* et à celui des *Archives de Roshar*. Auteur de best-sellers traduits en plus de quinze langues, il a vendu plus de vingt millions d'exemplaires à travers le monde.

*Paru au Livre de Poche :*

ALCATRAZ

1. Alcatraz contre les infâmes Bibliothécaires
2. Alcatraz contre les Ossements du Scribe
3. Alcatraz contre les traîtres de Nalhalla
4. Alcatraz contre l'Ordre du Verre Brisé

ALCATRAZ SMEDRY. L'INTÉGRALE ! (coll. « Majusucles »)

LES ARCHIVES DE ROSHAR

1. La Voie des rois (2 tomes)
2. Le Livre des Radieux (2 tomes)
3. Justicière (2 tomes)
4. Rythme de guerre (2 tomes)

CŒUR D'ACIER

1. Cœur d'acier
2. Brasier
3. Calamité

ELANTRIS

FILS-DES-BRUMES

1. L'Empire Ultime
2. Le Puits de l'Ascension
3. Le Héros des Siècles
4. L'Alliage de la justice
5. Jeux de masques
6. Les Bracelets des Larmes

LÉGION

1. Légion
2. À fleur de peau

SIXIÈME DU CRÉPUSCULE *et autres nouvelles*

SKYWARD

1. Vers les étoiles
2. Atrevise

WARBREAKER

BRANDON SANDERSON

# *L'Âme de l'empereur*

TRADUIT DE L'ANGLAIS (ÉTATS-UNIS) PAR MÉLANIE FAZI

LE LIVRE DE POCHE

*Titre original :*
THE EMPEROR'S SOUL


ISBN : 978-2-253-17714-2 – 1re publication LGF

*À Lucie Tuan et Sherry Wang,*
*pour l'inspiration qu'elles m'ont fournie.*

# Prologue

Gaotona fit courir ses doigts le long de la toile, examinant l'une des plus grandes œuvres d'art qu'il lui ait été donné de contempler. Malheureusement, c'était un mensonge.

— Cette femme est dangereuse, sifflèrent des voix derrière lui. Ce qu'elle fait est abominable.

Gaotona inclina la toile vers la lumière rouge orangée de la cheminée et plissa les paupières. À son âge avancé, ses yeux n'étaient plus ce qu'ils avaient été. *Quelle précision,* songea-t-il, étudiant les coups de pinceau, tâtant les couches d'huile épaisses. Parfaitement identiques à celles de l'original.

Seul, il n'aurait jamais repéré les erreurs. Un bourgeon pas tout à fait à sa place. Une lune un rien trop basse dans le ciel. Il avait fallu à leurs experts des journées d'examen minutieux pour les découvrir.

— C'est l'une des meilleures Faussaires en vie. (Les voix appartenaient aux collègues arbitres de Gaotona, les bureaucrates les plus importants de l'empire.) Sa réputation s'étend aussi loin que l'empire. Nous devons l'exécuter à titre d'exemple.

– Non. (Frava, chef des arbitres, possédait une voix brusque et nasillarde.) C'est un outil précieux. Cette femme peut nous sauver. Nous devons nous servir d'elle.

*Pourquoi ?* se demanda Gaotona une fois de plus. *Pourquoi une personne capable d'une telle virtuosité, d'une telle splendeur, veut-elle devenir faussaire ? Pourquoi ne pas créer de peintures originales ? Devenir une véritable artiste ?*

*Il faut que je comprenne.*

– Oui, poursuivit Frava, cette femme est une voleuse, et son art est abominable. Mais je suis en mesure de la contrôler et, grâce à ses talents, nous pourrons nous tirer du pétrin dans lequel nous nous trouvons.

Les autres murmurèrent des objections inquiètes. La femme dont ils parlaient, Wan ShaiLu, était bien plus qu'une simple arnaqueuse. Infiniment plus. Elle pouvait transformer la nature de la réalité elle-même. Ce qui soulevait une autre question : pourquoi avait-elle pris la peine d'apprendre à peindre ? L'art ordinaire ne semblait-il pas quelconque au regard de ses talents mystiques ?

Tant de questions. Gaotona leva les yeux de son siège près de la cheminée. Les autres se tenaient debout autour du bureau de Frava, formant une masse conspiratrice avec leurs longues robes colorées qui miroitaient à la lueur des flammes.

– Je partage l'avis de Frava, déclara Gaotona.

Les autres lui lancèrent des regards furtifs. Leurs mines renfrognées indiquaient qu'ils se moquaient bien de son opinion, mais leur posture racontait une autre histoire. Si leur respect pour lui était profondément enfoui, ils ne l'oubliaient pas pour autant.

– Allez chercher la Faussaire, ordonna-t-il en se levant. Je souhaite entendre ce qu'elle a à dire. Je soupçonne qu'elle sera plus difficile à maîtriser que Frava ne l'affirme, mais nous n'avons pas le choix. Soit nous recourons aux talents de cette femme, soit nous renonçons à contrôler l'empire.

Les murmures cessèrent. Depuis combien d'années Frava et Gaotona n'étaient-ils pas tombés d'accord sur quoi que ce soit, surtout sur un sujet aussi délicat que le recours à cette Faussaire ?

Un par un, les trois autres arbitres hochèrent la tête.

– Alors procédons ainsi, déclara doucement Frava.

## Deuxième jour

Shai enfonça l'ongle dans l'un des blocs de pierre de sa cellule. La pierre céda légèrement. Elle frotta la poussière entre ses doigts. Du calcaire. Curieux matériau pour un mur de prison, mais le mur entier n'était pas fait de calcaire, simplement cette unique veine à l'intérieur du bloc.

Elle sourit. Du calcaire. Cette petite veine était facile à manquer mais, si elle avait raison sur ce point, elle avait enfin identifié les quarante-quatre types de pierre formant le mur du puits circulaire qui lui tenait lieu de cachot. Shai s'agenouilla près de sa couchette et se servit d'une fourchette – dont elle avait replié toutes les dents sauf une – pour graver des notes dans le bois d'un des pieds du lit. Sans ses lunettes, elle devait plisser les yeux en écrivant.

Pour falsifier quelque chose, il fallait connaître son passé, sa nature. Elle était quasiment prête. Cependant, son plaisir se dissipa très vite lorsqu'elle aperçut une autre série de marques sur le pied de lit, éclairées par sa bougie vacillante. Ces marques-là tenaient le compte de ses jours d'emprisonnement.

*Si peu de temps,* songea-t-elle. Si ses calculs étaient justes, il ne lui restait qu'une journée avant la date arrêtée pour son exécution publique.

Au plus profond d'elle-même, ses nerfs étaient aussi tendus que les cordes d'un instrument de musique. Une journée. Une journée pour créer un spiritampe et s'échapper. Mais elle ne disposait pas de spirilithe, seulement d'un bout de bois grossier, ainsi que d'une fourchette en guise de burin.

Ce serait incroyablement ardu. C'était bien le but. Cette cellule était conçue pour les gens comme elle, bâtie à l'aide de pierres possédant de nombreuses veines rocheuses différentes qui les rendaient difficiles à falsifier. Elles devaient provenir de diverses carrières et posséder chacune une histoire unique. En connaissant si peu de détails, il serait quasiment impossible de les falsifier. Et même si elle transformait bel et bien la roche, il devait y avoir une autre sécurité intégrée pour l'arrêter.

*Nom des nuits !* Dans quel pétrin s'était-elle fourrée ?

Ses notes terminées, elle étudia sa fourchette tordue. Elle avait commencé à sculpter la poignée de bois, après en avoir arraché la partie métallique, pour façonner un spiritampe grossier. *Tu ne sortiras jamais d'ici comme ça, Shai,* se dit-elle. *Il te faut une autre méthode.*

Elle avait attendu six jours, cherchant une autre issue. Des gardes à utiliser, quelqu'un à soudoyer, un indice quant à la nature de sa cellule. Jusqu'ici, rien n'avait...

Loin au-dessus d'elle, la porte des cachots s'ouvrit.

Shai se releva d'un bond et cacha la fourchette sous sa ceinture, au creux de ses reins. Avaient-ils avancé la date de son exécution ?

De lourdes bottes résonnèrent sur les marches et elle plissa les yeux pour regarder les nouveaux venus qui apparurent au-dessus de sa cellule. Quatre d'entre eux étaient des gardes, qui accompagnaient un homme au visage et aux doigts allongés. Il faisait partie des Éminents, la caste qui dirigeait l'empire. Cette robe bleu et vert indiquait un petit fonctionnaire qui avait réussi l'examen lui permettant de travailler au service du gouvernement, mais ne s'était pas élevé très haut en son sein.

Shai patienta, les nerfs à fleur de peau.

L'Éminent se pencha pour la regarder à travers la grille. Il marqua une pause infime puis fit signe aux gardes de la déverrouiller.

– Les arbitres souhaitent vous interroger, Faussaire.

Shai garda ses distances tandis qu'ils ouvraient le plafond de sa cellule puis faisaient descendre une échelle. Elle la gravit avec circonspection. Si c'était *elle* qui devait conduire une prisonnière à son exécution anticipée, elle lui ferait croire qu'il se passait autre chose afin qu'elle ne résiste pas. Cependant, ils la menèrent hors du cachot sans la menotter.

À en juger par leur itinéraire, ils semblaient effectivement la conduire vers le bureau des arbitres. Shai se calma. Un nouveau défi, dans ce cas. Une opportunité, peut-être. Elle n'aurait pas dû se laisser capturer, mais elle ne pouvait plus rien y faire à présent. Elle avait été battue, trahie par le Fou Impérial à qui elle avait cru pouvoir faire confiance. Il avait pris sa copie du Sceptre de Lune et l'avait remplacée par l'original avant de s'enfuir.

L'oncle Won avait appris à Shai que se faire battre était l'une des règles de la vie. Que si doué que l'on puisse être, il existait toujours quelqu'un de meilleur. Si l'on gardait constamment ce fait en mémoire, on ne devenait jamais sûr de soi au point de sombrer dans la négligence.

La dernière fois, elle avait perdu. Cette fois-ci, elle allait gagner. Elle se délesta de toute la frustration engendrée par sa capture pour devenir la personne qui saurait faire face à cette nouvelle occasion, quelle qu'elle fût. Elle allait s'en saisir et réussir.

Cette fois, l'enjeu n'était pas des richesses mais sa vie.

Les gardes étaient des Cogneurs – du moins les Éminents les nommaient-ils ainsi. Ils se faisaient autrefois appeler les Mulla'dil, mais l'empire avait absorbé leur nation depuis si longtemps que peu d'entre eux utilisaient encore ce nom. Les Cogneurs étaient un peuple de grande taille au teint pâle, musclés, maigres et nerveux. Ils avaient les cheveux presque aussi sombres que ceux de Shai, bien que les leurs fussent bouclés alors qu'elle les avait raides et longs. Elle s'efforçait, en y parvenant presque, de ne pas se sentir minuscule auprès d'eux. Son peuple, les MaiPon, n'était pas connu pour sa grande taille.

— Vous, dit-elle au Cogneur qui ouvrait la marche à côté d'elle. Je me souviens de vous.

À en juger par sa chevelure soigneusement coiffée, le jeune capitaine ne portait pas souvent de casque. Les Cogneurs étaient bien considérés par les Éminents, et il n'était pas rare qu'ils bénéficient d'une Élévation. Celui-ci affichait une expression avide. Cette armure bien astiquée, cet air brusque… Oui, il se pensait promis à un brillant avenir.

— Le cheval, poursuivit Shai. Vous m'avez jetée sur le dos de votre cheval après ma capture. Un bel animal, de lignée gurde, d'un blanc pur. Une brave bête. Vous vous y connaissez en chevaux.

Le Cogneur continua à regarder devant lui, mais murmura tout bas :

– Je vais prendre plaisir à vous tuer, femme.

*Charmant,* songea Shai tandis qu'ils entraient dans l'Aile impériale du palais. Ici, la maçonnerie était stupéfiante, conçue d'après l'ancien style lamio, avec des colonnes de marbre élancées ornées de reliefs. Les grosses urnes placées entre elles imitaient la poterie lamio d'antan.

*C'est vrai,* se rappela-t-elle, *c'est toujours la Faction de l'Héritage qui gouverne...*

L'empereur devait appartenir à cette faction, tout comme le conseil de cinq arbitres responsable de la majeure partie des décisions du gouvernement. Leur faction louait la gloire et l'érudition des cultures passées, et elle était même allée jusqu'à rebâtir son aile du palais dans un style imitant un bâtiment d'antan. Shai soupçonnait que le dessous de ces urnes « anciennes » comportait les spiritampes qui les avaient transformées en imitations parfaites d'œuvres célèbres.

Oui, les Éminents qualifiaient d'abomination les pouvoirs de Shai, mais le seul aspect réellement illégal consistait à créer un Falsificat destiné à transformer un individu. La Falsification discrète des objets était autorisée, et même exploitée, au sein de l'empire tant que le Faussaire était soigneusement contrôlé. Si quelqu'un devait retourner l'une de ces urnes et retirer le sceau qui se trouvait en dessous, l'objet redeviendrait une simple poterie nue.

Les Cogneurs la conduisirent jusqu'à une porte incrustée d'or. Lorsqu'elle s'ouvrit, Shai parvint à entrevoir sur l'un des coins inférieurs le spiritampe rouge qui lui donnait l'aspect d'une œuvre du passé. Les gardes la firent entrer dans une pièce accueillante avec une cheminée crépitante, des tapis moelleux et des meubles en bois teinté. *Pavillon de chasse du Ve siècle,* devina-t-elle.

Les cinq arbitres de la Faction de l'Héritage attendaient à l'intérieur. Trois d'entre eux – deux femmes, un homme – étaient assis près de la cheminée sur des chaises à dossier droit. Une autre femme occupait le bureau situé juste au-delà de la porte : Frava, la plus haut placée des arbitres de la Faction de l'Héritage, sans doute la personne la plus puissante de tout l'empire en dehors de l'empereur Ashravan lui-même. Ses cheveux grisonnants formaient une longue tresse agrémentée de rubans rouge et or, laquelle reposait sur une robe d'une teinte or assortie. Shai s'était longuement demandé comment voler cette femme car Frava, entre autres tâches, surveillait la Galerie Impériale et possédait des bureaux adjacents.

Frava venait visiblement de se disputer avec Gaotona, le vieil Éminent qui se tenait raide comme un piquet près du bureau, les mains derrière le dos, l'air songeur. Gaotona était le plus âgé des arbitres dirigeants. On racontait qu'il était le moins influent d'entre eux, qu'il avait perdu les bonnes grâces de l'empereur.

Tous deux se turent lorsque Shai entra. Ils la regardèrent comme un chat venant de renverser un vase coûteux. Shai regretta l'absence de ses lunettes mais prit soin de ne pas plisser les yeux tandis qu'elle s'avançait pour affronter ces gens ; elle devait paraître aussi forte que possible.

– Wan ShaiLu, déclara Frava en ramassant une feuille de papier sur le bureau. On vous attribue une liste de crimes impressionnante.

*Vous avez une façon de dire ça...* À quoi jouait cette femme ? *Elle attend quelque chose de moi,* décida Shai. *C'est la seule raison de m'amener ici de cette manière.*

La véritable raison de sa présence ici commença à apparaître.

– Usurper l'identité d'une noble de rang élevé, poursuivit Frava, pénétrer par effraction dans la Galerie Impériale du palais, falsifier votre âme, sans oublier bien sûr la tentative de vol du Sceptre de Lune. Pensiez-vous vraiment que nous n'allions pas reconnaître une simple imitation d'un trésor impérial si important ?

*Apparemment,* se dit Shai, *c'est ce que vous venez de faire, à supposer que le Fou se soit enfui avec l'original.* Elle éprouva un petit frisson de satisfaction à l'idée que sa copie occupe à présent la place d'honneur du Sceptre de Lune dans la Galerie Impériale.

— Et que dire de ceci ? demanda Frava, qui agita ses longs doigts pour demander à l'un des Cogneurs de lui apporter un objet posé contre un mur de la pièce.

Il s'agissait d'un tableau, que le garde plaça sur le bureau. Le chef-d'œuvre de Han ShuXen, *Nénuphar sur étang printanier*.

— Nous avons trouvé ceci dans votre chambre de l'auberge, déclara Frava en tapotant la toile du bout des doigts. C'est une copie d'un tableau que je possède moi-même, l'un des plus célèbres de l'empire. Nous l'avons remis à nos experts, qui ont estimé que votre contrefaçon était un travail d'amateur dans le meilleur des cas.

Shai soutint son regard.

— Dites-moi pourquoi vous avez créé cette copie, ordonna Frava en se penchant vers elle. De toute évidence, vous comptiez l'échanger contre le tableau qui se trouve dans mon bureau près de la Galerie Impériale. Et pourtant, vous visiez le Sceptre de Lune lui-même. Pourquoi projeter de dérober aussi le tableau ? Par cupidité ?

— Mon oncle Won, répondit Shai, m'a appris qu'il fallait toujours un plan de secours. Je ne pouvais même pas être sûre que le sceptre serait exposé.

— Ah… (Frava adopta une expression quasi maternelle, quoique teintée de dégoût - qu'elle cachait mal - et de condescendance.) Vous avez demandé que les arbitres interviennent au sujet de votre exécution, comme le font la plupart des prisonniers. J'ai décidé sur une impulsion d'agréer votre requête, car j'étais curieuse de connaître les raisons pour lesquelles vous aviez créé ce tableau. (Elle secoua la tête.) Mais, mon enfant, vous ne pouvez sincèrement pas espérer que nous vous laissions repartir. Avec des péchés comme les vôtres ? Vous vous trouvez dans une situation exceptionnellement fâcheuse, et notre clémence a des limites…

Shai lança un coup d'œil furtif aux autres arbitres. Ceux qui étaient assis près du foyer ne semblaient lui prêter aucune attention, mais ils ne parlaient pas entre eux. Ils écoutaient. *Quelque chose ne va pas,* songea Shai. *Ils sont inquiets.*

Gaotona se tenait toujours sur le côté. Il observait Shai sans trahir la moindre émotion.

Frava arborait la mine de quelqu'un qui gronde un petit enfant. En laissant ainsi la fin de sa phrase en suspens, elle voulait laisser espérer à Shai une libération possible. Cette association était censée la rendre docile, disposée à accepter n'importe quoi dans l'espoir qu'on la libère.

*Une opportunité, en effet…*

Il était temps de prendre les rênes de cette conversation.

– Vous attendez quelque chose de moi, déclara Shai. Je suis prête à parler de mon paiement.

– Votre paiement ? s'écria Frava. Jeune fille, vous allez être exécutée demain ! Si nous souhaitions quelque chose de vous, c'est votre vie qui tiendrait lieu de paiement.

– Ma vie n'appartient qu'à moi, répondit Shai. Depuis bien des jours déjà.

– Je vous en prie ! répliqua Frava. Vous étiez enfermée dans la cellule des Faussaires, avec trente sortes de pierres différentes dans le mur.

– Quarante-quatre, en réalité.

Gaotona haussa un sourcil approbateur.

*Nom des nuits ! Contente d'avoir deviné juste…*

Shai lança un regard en coin à Gaotona.

– Vous pensiez que je ne reconnaîtrais pas la pierre à meule, n'est-ce pas ? De grâce, je suis une Faussaire ! J'ai appris la classification des pierres lors de ma première année de formation. Ce bloc provenait manifestement de la carrière de Laio.

Frava ouvrit la bouche pour parler, un petit sourire aux lèvres.

– Oui, je suis au courant de la présence des plaques de ralkalest, le métal infalsifiable, cachées derrière le mur de pierre de ma cellule, poursuivit Shai. Le mur était une énigme destinée à me distraire. Vous ne bâtiriez pas vraiment une cellule avec des pierres comme le calcaire, juste au cas où un prisonnier renoncerait à la Falsification et tenterait de s'échapper en effritant le mur. Vous avez construit ce mur, puis vous l'avez sécurisé au moyen d'une plaque située derrière pour empêcher toute évasion.

Frava referma brusquement la bouche.

– Seul problème avec le ralkalest, enchaîna Shai, ce n'est pas un métal très robuste. Oh, la grille qui surmontait ma cellule était solide, et je n'aurais pas pu la franchir. Mais une plaque aussi fine ? Franchement. Vous avez déjà entendu parler de l'anthracite ?

Frava fronça les sourcils.

– C'est une pierre qui brûle, répondit Gaotona.

– Vous m'avez donné une bougie, déclara Shai en plongeant la main au creux de ses reins. (Elle lança le spiritampe de fortune en bois sur le bureau.) Il m'aurait suffi de falsifier le mur et de persuader les pierres qu'elles étaient de l'anthracite – ce qui n'était pas une tâche très compliquée, une fois que je connaissais les quarante-quatre types de roches. J'aurais pu les brûler et elles auraient fait fondre cette plaque derrière le mur.

Shai tira une chaise et s'assit devant le bureau. Elle s'appuya sur le dossier. Derrière elle, le capitaine des Cogneurs gronda tout bas, mais Frava pinça les lèvres sans mot dire. Shai laissa ses muscles se détendre et murmura une prière muette au Dieu Inconnu.

Nom des nuits ! Ils semblaient vraiment avoir tout gobé. Elle avait craint qu'ils n'en sachent assez sur la Falsification pour percer à jour son mensonge.

— Je comptais m'enfuir ce soir, reprit-elle, mais ce que vous attendez de moi doit être important, puisque vous êtes disposés à impliquer une scélérate comme moi. Nous en venons donc à la question de mon paiement.

— Je pourrais toujours vous faire exécuter, rétorqua Frava. Ici. Maintenant.

— Mais vous n'en ferez rien, n'est-ce pas ?

Frava serra la mâchoire.

— Je vous avais prévenue qu'elle serait difficile à manipuler, dit Gaotona à Frava.

Shai voyait qu'elle l'avait impressionné, et cependant son regard semblait… triste ? Était-ce la bonne émotion ? Elle trouvait cet homme âgé aussi ardu à déchiffrer qu'un livre en svordois.

Frava leva le doigt puis le pointa sur le côté. Un serviteur approcha, muni d'une petite boîte enveloppée dans une étoffe. Le cœur de Shai bondit lorsqu'elle le vit.

L'homme ouvrit les fermoirs et souleva le couvercle. Le coffret était tapissé d'un tissu doux et comportait cinq encoches destinées à accueillir des spiritampes. Chacun des tampons de pierre cylindriques était aussi long et large qu'un pouce d'homme. Le carnet relié cuir rangé au-dessus était usé d'avoir souvent servi ; Shai inspira une bouffée de son odeur familière.

On appelait ces tampons Marques Primordiales et c'était le type de spiritampe le plus puissant. Chaque Marque Primordiale devait être accordée sur un individu bien précis et elle était destinée à réécrire son histoire, sa personnalité et son âme pendant un bref laps de temps. Ces cinq-là étaient accordés sur Shai.

– Cinq tampons pour réécrire une âme, déclara Frava. Cinq abominations dont la possession est illégale. Ces Marques Primordiales devaient être détruites cet après-midi. Même si vous vous étiez échappée, vous les auriez perdues. Combien de temps faut-il pour en créer une ?

– Des années, chuchota Shai.

Il n'en existait pas d'autres exemplaires. Il était trop dangereux de laisser des notes et des schémas, même cachés, car ils fournissaient trop d'indications sur son âme. Elle gardait constamment ces Marques Primordiales à portée de vue, sauf lors des rares occasions où on les lui prenait.

– Ce paiement vous conviendra-t-il ? demanda Frava, dont les commissures des lèvres s'abaissèrent comme si elle parlait d'un repas de vase et de viande avariée.

– Oui.

Frava hocha la tête, et le serviteur fit claquer le couvercle du coffret.

— Dans ce cas, je vais vous montrer ce que vous devez faire.

Shai n'avait encore jamais rencontré d'empereur, sans parler de lui tapoter le visage.

L'empereur Ashravan des Quatre-vingts Soleils - quarante-neuvième souverain de l'Empire de la Rose - ne réagit pas lorsque Shai le toucha. Il regardait fixement devant lui, les joues rondes et roses de santé, mais l'œil totalement vide d'expression.

— Que s'est-il passé ? demanda Shai en se redressant près du lit de l'empereur.

Il était conçu dans le style de l'ancien peuple lamio, avec une tête en forme de phénix s'élevant vers le ciel. Elle avait vu dans un livre un croquis d'une tête de lit semblable ; sans doute avait-on tiré le Falsificat de cette source.

— Des assassins, répondit l'Arbitre Gaotona. (Il se tenait de l'autre côté du lit, en compagnie de deux chirurgiens. Parmi les Cogneurs, seul leur capitaine, Zu, avait été autorisé à entrer.) Les meurtriers se sont introduits ici il y a deux nuits et ont attaqué l'empereur et son épouse. Elle a été tuée. L'empereur a reçu un carreau d'arbalète en pleine tête.

— Compte tenu des circonstances, commenta Shai, il paraît dans une forme remarquable.

— Vous y connaissez-vous en rescellage ? s'enquit Gaotona.

— Vaguement, répondit Shai.

Son peuple appelait ça la Falsification charnelle. Grâce à elle, un chirurgien très doué pouvait falsifier un corps pour en retirer plaies et cicatrices. Elle nécessitait une spécialisation poussée. Le Faussaire devait connaître chaque tendon, chaque veine et chaque muscle afin de pouvoir guérir le corps avec précision.

Le rescellage était l'une des rares branches de la Falsification que Shai n'avait pas étudiée en profondeur. Si l'on se trompait en accomplissant une falsification ordinaire, on créait une œuvre de piètre qualité artistique. Si l'on se trompait avec la Falsification charnelle, des gens mouraient.

— Nos rescelleurs sont les meilleurs au monde, déclara Frava en marchant devant le pied du lit, mains derrière le dos. L'empereur a été traité très vite après la tentative d'assassinat. Sa plaie à la tête a guéri, mais…

— Mais pas son esprit ? demanda Shai en agitant de nouveau la main devant le visage d'Ashravan. Ça ne me donne pas l'impression qu'ils aient bien travaillé.

L'un des chirurgiens s'éclaircit la gorge. Un homme minuscule aux oreilles évoquant des volets ouverts en grand un jour d'été.

— Le rescellage répare le corps et le recrée comme neuf. Ceci, en revanche, revient à relier un livre avec du nouveau papier à la suite d'un incendie. Oui, il est peut-être strictement identique en apparence, et il est peut-être complet. Mais les mots… les mots ont disparu. Nous avons donné un nouveau cerveau à l'empereur. Simplement, il est vide.

— Ha ! s'exclama Shai. Avez-vous trouvé qui a tenté de le tuer ?

Les cinq arbitres échangèrent des regards. Oui, ils le savaient.

— Nous n'en sommes pas sûrs, éluda Gaotona.

— Ce qui signifie, reprit Shai, que vous le savez mais que vous n'avez pas pu le prouver avec assez de certitude pour formuler une accusation. Une des autres factions de la cour, dans ce cas ?

Gaotona soupira.

— La Faction de la Gloire.

Shai siffla tout bas, mais il y avait là une certaine logique. Si l'empereur mourait, il était fort probable que la Faction de la Gloire remporte une enchère afin de désigner son successeur. À quarante ans, l'empereur Ashravan était jeune, selon les critères des Éminents. On s'était attendu qu'il règne encore cinquante ans.

S'il était remplacé, les cinq arbitres présents dans la pièce perdraient leur place - ce qui, en matière de politique impériale, nuirait gravement à leur statut. Ils cesseraient d'être parmi les personnes les plus puissantes au monde pour faire partie des plus humbles parmi les quatre-vingts factions de l'empire.

– Les assassins n'ont pas survécu à leur attaque, expliqua Frava. La Faction de la Gloire ignore encore si son stratagème a fonctionné. Vous allez remplacer l'âme de l'empereur par… (Elle prit une profonde inspiration.) Par un Falsificat.

*Ils sont dingues*, se dit Shai. Falsifier soi-même son âme était déjà bien assez difficile, et il n'était pas nécessaire de la reconstruire de zéro.

Les arbitres ne se rendaient pas compte de ce qu'ils lui demandaient. Mais c'était logique. Ils détestaient la Falsification, ou du moins l'affirmaient-ils. Ils marchaient sur un sol imitant le carrelage, s'entouraient de copies de vases anciens et laissaient leurs chirurgiens réparer un corps, mais ils n'appelaient rien de tout ça « Falsification » dans leur langue.

La Falsification de l'âme, voilà ce qu'ils considéraient comme une abomination. Ce qui signifiait que Shai était réellement leur seule option. Personne au sein de leur gouvernement ne serait à même d'accomplir cette tâche. Sans doute qu'elle non plus.

– En êtes-vous capable ? demanda Gaotona.

*Je n'en sais rien*, songea Shai.

– Oui, affirma-t-elle.

– Il faudra que ce soit un Falsificat exact, précisa Frava d'une voix sévère. Si la Faction de la Gloire a la moindre idée de ce que nous avons fait, elle va contre-attaquer. L'empereur ne doit pas avoir de comportements illogiques.

– Je viens de vous dire que j'en étais capable, répliqua-t-elle. Mais ce sera délicat. J'aurai besoin d'informations sur Ashravan et sa vie, tout ce que nous pourrons obtenir. Les documents historiques officiels seront un début, mais ils seront insuffisants. Il me faut des témoignages détaillés provenant de ceux qui le connaissaient le mieux. Serviteurs, amis, membres de sa famille. Tenait-il un journal ?

– Oui, répondit Gaotona.

– Parfait.

– Ces documents sont scellés, objecta l'un des autres arbitres. Il voulait qu'ils soient détruits…

Toutes les personnes présentes dans la pièce se tournèrent vers lui. Il déglutit, puis baissa les yeux.

– Vous aurez tout ce que vous demandez, déclara Frava.

– Il me faudra aussi un cobaye, ajouta Shai. Quelqu'un sur qui tester mes Falsificats. Un Éminent de sexe masculin, quelqu'un qui côtoyait souvent l'empereur et qui le connaissait bien. Ça me permettra de savoir si j'ai bien cerné sa personnalité.

Nom des nuits ! Bien cerner sa personnalité serait secondaire. Obtenir un tampon qui réussisse à prendre… ce serait la première étape. Elle n'était même pas sûre de la réussir.

– Et il me faudra de la spirilithe, bien sûr.

Frava la toisa, bras croisés.

– Vous ne pouvez quand même pas vous attendre que j'y parvienne sans spirilithe ? se récria Shai d'une voix sèche. Je pourrais sculpter un tampon dans le bois, mais votre but sera déjà assez difficile à atteindre comme ça. De la spirilithe. En grande quantité.

– Très bien, acquiesça Frava. Mais vous serez surveillée pendant ces trois mois. Et de près.

– Trois mois ? s'exclama Shai. Ça me prendra au moins deux ans !

– Vous avez cent jours, dit Frava. Ou plus exactement, quatre-vingt-dix-huit, maintenant.

*Impossible.*

– L'explication officielle de l'absence de l'empereur ces deux derniers jours, intervint l'un des autres arbitres, est qu'il porte le deuil de son épouse. La Faction de la Gloire doit supposer que nous cherchons à gagner du temps à la suite de la mort de l'empereur. Une fois les cent jours écoulés, ils exigeront qu'Ashravan se présente à la cour. S'il ne le fait pas, nous sommes finis.

*Et vous aussi,* sous-entendait l'intonation de cette femme.

— Il va me falloir de l'or pour ça, assura Shai. Offrez-moi le double de ce que vous pensez que je vais exiger. Je serai riche en quittant ce pays.

— Marché conclu, répondit Frava.

*Trop facile,* se dit Shai. Charmant. Ils comptaient la tuer quand tout ça serait terminé.

Voilà en tout cas qui lui laissait quatre-vingt-dix-huit jours pour trouver une issue.

— Apportez-moi ces documents, exigea-t-elle. Il va me falloir un endroit où travailler, des fournitures en abondance, et je veux qu'on me rende mes affaires. (Elle leva le doigt avant qu'ils puissent protester.) Pas mes Marques Primordiales, mais tout le reste. Pas question que je travaille trois mois avec les vêtements que je portais en prison. Et maintenant que j'y pense, demandez qu'on me fasse immédiatement couler un bain.

## Troisième jour

Le lendemain – baignée, nourrie et reposée pour la première fois depuis sa capture – Shai entendit frapper à sa porte.

On lui avait donné une chambre. Elle était minuscule, sans doute la plus laide de tout le palais, et elle dégageait une légère odeur de moisi. On avait malgré tout posté des gardes pour surveiller Shai toute la nuit et, d'après ses souvenirs de la disposition du grand palais, elle se trouvait dans l'une des ailes les moins fréquentées, que l'on utilisait essentiellement comme espace de rangement.

Malgré tout, c'était mieux qu'une cellule. Mais de peu.

Lorsqu'elle entendit frapper, Shai leva les yeux de la vieille table de cèdre qu'elle était en train d'inspecter. Elle n'avait pas dû être entretenue depuis bien avant la naissance de Shai. L'un des gardes ouvrit la porte pour laisser entrer le vieil Arbitre Gaotona. Il portait une boîte large comme deux paumes et haute de quelques centimètres.

Shai se précipita, ce qui lui valut un regard noir de la part du capitaine Zu, qui se tenait près de l'arbitre.

– Restez à distance de Sa Grâce, gronda Zu.

– Ou sinon ? demanda Shai en prenant la boîte. Vous allez me poignarder ?

– Un jour, je prendrai plaisir à…

– Oui, oui, répondit Shai, qui se dirigea de nouveau vers sa table pour y soulever le couvercle de la boîte.

Elle contenait dix-huit spiritampes dont la tête était lisse et encore vierge. Elle éprouva un frisson lorsqu'elle en prit un qu'elle éleva devant elle pour l'inspecter.

Comme elle avait récupéré ses lunettes, elle n'avait plus besoin de plisser les yeux. Elle était également vêtue d'habits bien plus adaptés que cette robe miteuse. Une jupe rouge qui lui descendait au mollet et un chemisier à boutons. Les Éminents les auraient considérés comme démodés car, chez eux, la mode actuelle était aux robes et châles de style ancien. Shai les trouvait ternes. Sous le chemisier, elle portait un maillot de coton noir ajusté et, sous la jupe, un caleçon. Une dame ne savait jamais quand elle pouvait se retrouver obligée de retirer sa couche supérieure de vêtements pour se déguiser.

– C'est de la pierre de bonne qualité, commenta-t-elle au sujet du tampon qu'elle tenait entre ses doigts.

Elle sortit l'un de ses ciseaux, dont la pointe était presque aussi fine qu'une pointe d'aiguille, et se mit à racler la pierre. C'était en effet de la spirilithe de qualité. La pierre se détacha avec aisance et précision. La spirilithe était presque aussi tendre que la craie, mais ne s'effritait pas. On pouvait la sculpter avec finesse, puis la tremper à l'aide d'une flamme et la compléter d'une marque qui la durcirait jusqu'à ce qu'elle devienne presque aussi solide que le quartz. La seule manière d'obtenir un meilleur tampon était de le tailler dans le cristal lui-même, ce qui était extrêmement difficile.

On lui avait fourni de l'encre de calmar rouge vif, mélangée à une petite quantité de cire. N'importe quelle encre fraîche et organique ferait l'affaire, mais les encres animales étaient bien meilleures que les végétales.

– Avez-vous… volé un vase dans le couloir ? demanda Gaotona, désignant d'un air songeur un objet posé contre un des murs de sa petite chambre.

Elle s'était emparée d'un des vases en revenant du bain. L'un de ses gardes avait tenté d'intervenir, mais Shai avait réussi à le convaincre de passer outre à ses objections. Le garde rougissait à présent.

– J'étais curieuse de découvrir les talents de vos Faussaires, répondit Shai, qui posa ses outils et le vase sur la table.

Elle le tourna sur le côté, dévoilant le dessous et le sceau rouge gravé dans l'argile.

Un sceau de Faussaire était facile à repérer. Il ne se contentait pas de s'imprimer sur la surface de l'objet : il s'enfonçait dans la matière elle-même, créant des motifs rouges en creux. Le bord du sceau circulaire était rouge lui aussi, mais en relief, comme un motif estampé.

On pouvait deviner beaucoup de choses sur une personne à partir de la façon dont elle concevait ses sceaux. Celui-ci, par exemple, dégageait une impression de vide, sans rapport avec l'art véritable, ce qui contrastait avec la beauté délicate et minutieuse du vase lui-même. Shai avait entendu dire que la Faction de l'Héritage faisait travailler des Faussaires novices à la chaîne pour créer ces pièces comme des ouvriers fabriquant des chaussures à la chaîne dans une usine.

– Nos artisans ne sont pas des Faussaires, rectifia Gaotona. Nous n'employons pas ce mot. Ce sont des Réminiscents.

– C'est la même chose.

– Ils ne touchent pas les âmes, répliqua Gaotona d'une voix sévère. Par ailleurs, nous faisons ces choses-là en hommage au passé plutôt que dans le but de duper ou d'arnaquer autrui. Nos reliques apportent aux gens une meilleure compréhension de leur héritage.

Shai haussa les sourcils. Elle prit son marteau et son ciseau, puis les plaça en biais contre le bord estampé du sceau du vase. Le sceau résista – il possédait une force singulière qui tentait de le maintenir en place – mais le coup porta ses fruits. Le reste du sceau éclata, les reliefs disparurent, le sceau redevint fait d'encre simple et perdit ses pouvoirs.

Les couleurs du vase s'atténuèrent aussitôt pour devenir d'un gris mat, et ses contours se déformèrent. Un spiritampe ne se contentait pas de provoquer des changements visuels, il réécrivait l'histoire d'un objet. Sans ce tampon, le vase était une pièce affreuse. La personne qui l'avait fabriqué, quelle qu'elle soit, se moquait bien du produit fini. Peut-être savait-elle qu'il serait utilisé pour une Falsification. Shai secoua la tête et se remit au travail sur le spiritampe inachevé. Celui-ci n'était pas destiné à l'empereur – elle était encore loin d'être prête pour ça – mais sculpter l'aidait à réfléchir.

Gaotona fit signe à tous les gardes de quitter la pièce, sauf Zu qui resta à ses côtés.

— Vous nous posez une énigme, Faussaire, déclara-t-il une fois les deux autres gardes sortis et la porte refermée.

Il prit place sur l'une des deux chaises de bois bancales. Avec le lit fragile, la table antique et le coffre contenant les affaires de Shai, il formait tout l'ameublement de la chambre. L'unique fenêtre possédait un cadre tordu qui laissait passer l'air, et même les murs étaient fissurés.

– Une énigme ? demanda Shai en levant le tampon devant elle pour inspecter attentivement son travail. Quel genre d'énigme ?

– Vous êtes une Faussaire. Par conséquent, nous ne pouvons vous faire assez confiance pour vous laisser sans surveillance. Vous tenterez de vous enfuir dès l'instant où vous trouverez un moyen d'évasion.

– Dans ce cas, laissez des gardes avec moi, dit Shai sans cesser de tailler.

– Pardonnez-moi, mais je doute qu'il vous faille longtemps pour les brutaliser, les soudoyer ou les faire chanter.

Près de lui, Zu se crispa.

– Je ne voulais pas vous offenser, capitaine, ajouta Gaotona. J'ai une grande confiance en votre peuple, mais nous nous trouvons face à une virtuose de l'arnaque, du mensonge et du vol. Vos meilleurs gardes deviendraient de la glaise entre ses mains.

– Merci, répondit Shai.

– Ce n'était pas un compliment. Ce que vos semblables touchent, ils le corrompent. Je craignais de vous laisser seule ne serait-ce qu'un jour sous la supervision de regards mortels. D'après ce que je sais de vous, vous seriez quasiment capable de charmer les dieux en personne.

Elle continua à travailler.

– Je ne peux pas compter sur des menottes pour vous retenir, déclara doucement Gaotona, car nous avons la consigne de vous fournir de la spirilithe afin que vous puissiez travailler sur notre… problème. Vous transformeriez vos menottes en savon, puis vous vous échapperiez dans la nuit en riant.

Cette déclaration, bien entendu, trahissait une totale incompréhension du fonctionnement de la Falsification. Un Falsificat devait être plausible – crédible –, faute de quoi il ne prendrait pas. Qui fabriquerait une chaîne avec du savon ? Ce serait ridicule.

Ce qu'elle pouvait faire, en revanche, c'était découvrir l'origine et la composition de la chaîne, puis réécrire l'une ou l'autre. Elle pouvait falsifier le passé de la chaîne afin que l'un des maillons ait été mal moulé, ce qui lui donnerait une faille à exploiter. Même si elle ne découvrait pas l'histoire exacte de la chaîne, elle parviendrait peut-être à s'enfuir – un tampon imparfait ne ferait pas effet longtemps, mais il lui suffirait de quelques instants pour briser ce maillon à l'aide d'un marteau.

Ils pouvaient fabriquer une chaîne en ralkalest, le métal infalsifiable, ce qui ne ferait en fait que retarder son évasion. Si elle disposait d'assez de temps, et de spirilithe, elle trouverait une solution. Elle pourrait falsifier le mur pour qu'il possède une faiblesse qui lui permettrait de dégager la chaîne. Falsifier le plafond afin qu'il comporte un bloc mal fixé, qu'elle pourrait laisser tomber de sorte qu'il brise le plus faible des maillons en ralkalest.

Elle ne voulait rien faire d'aussi extrême à moins d'y être contrainte.

— Je ne crois pas que vous deviez vous inquiéter de moi, déclara-t-elle sans cesser de travailler. Je suis intriguée par ce que nous faisons, et on m'a promis une fortune. Ça suffit à me garder ici. N'oubliez pas que j'aurais pu m'échapper de ma cellule précédente à tout moment.

— Ah, oui, répondit Gaotona. La cellule dans laquelle vous auriez recouru à la Falsification pour traverser le mur. Dites-moi, par curiosité, avez-vous étudié l'anthracite ? Cette pierre en laquelle vous disiez pouvoir transformer le mur ? Je crois me rappeler qu'elle est très difficile à faire brûler.

*Celui-ci est plus malin que les gens ne veulent bien le croire.*

Une flamme de bougie aurait du mal à enflammer l'anthracite - sur le papier, la roche brûlait à la température correcte, mais réussir à chauffer suffisamment tout un échantillon était quasiment mission impossible.

— J'étais tout à fait capable de créer un environnement adéquat pour la combustion avec du bois provenant de ma couchette et quelques pierres transformées en charbon.

— Sans four ? demanda Gaotona, l'air légèrement amusé. Sans soufflet ? Mais nous nous écartons du sujet. Dites-moi, comment comptiez-vous *survivre* à l'intérieur d'une cellule dont le mur serait en train de brûler à plus de mille degrés ? Est-ce que ça n'aurait pas absorbé tout l'air respirable ? Ah, oui, bien sûr. Vous auriez pu vous servir de vos draps pour les transformer en un faible conducteur, comme le verre par exemple, et fabriquer une carapace où vous cacher.

Shai continuait à tailler, mal à l'aise. La façon dont il disait ces choses-là... Oui, il savait qu'elle n'aurait pas pu accomplir ce qu'il décrivait. La plupart des Éminents ignoraient le fonctionnement de la Falsification, et c'était sans doute encore le cas de cet homme, toutefois il en savait bel et bien assez pour comprendre qu'elle n'aurait pas pu s'enfuir comme elle l'affirmait. Pas plus que des draps ne pouvaient se transformer en verre.

Sans compter que transformer le mur entier en un autre type de pierre aurait été extrêmement compliqué. Elle aurait dû apporter trop de changements – réécrire l'histoire de sorte que les carrières ayant fourni chaque type de pierre soient proches de dépôts d'anthracite et que, dans chaque cas, un bloc de la pierre combustible se soit retrouvé extrait par erreur. C'était d'une plausibilité fort ténue, pour ne pas dire nulle, surtout sans connaissances spécifiques des carrières en question.

La vraisemblance était la clé de toute falsification, magique ou non. Les gens parlaient à mi-voix de Faussaires transformant le plomb en or, sans jamais comprendre que l'inverse était infiniment plus facile. Réinventer l'histoire d'un lingot d'or de sorte qu'il ait été, à un moment ou à un autre, coupé avec du plomb... eh bien, c'était un mensonge plausible. L'inverse aurait été si improbable qu'un tampon permettant d'accomplir cette transformation ne tiendrait pas longtemps.

– Vous m'impressionnez, Votre Grâce, dit enfin Shai. Vous réfléchissez comme un Faussaire.

L'expression de Gaotona s'assombrit.

– Ça, commenta-t-elle, c'était censé être un compliment.

– J'accorde une grande importance à la vérité, jeune femme. Pas à la Falsification. (Il la toisa avec l'expression d'un grand-père déçu.) J'ai vu l'œuvre de vos mains. Cette copie de tableau... elle était remarquable. Mais elle avait été accomplie au nom d'un mensonge. Quelles grandes œuvres seriez-vous capable de créer si vous vous concentriez sur la beauté et l'application et non sur la fortune et la tromperie ?

– Ce que j'accomplis relève déjà du grand art.

– Non. Vous copiez le grand art des autres. Ce que vous faites est techniquement excellent, mais manque totalement d'esprit.

Elle faillit déraper en sculptant, les mains soudain nerveuses. Comment *osait*-il ? Menacer de l'exécuter était une chose, mais insulter son art ? Il la décrivait comme si elle était… un de ces Faussaires à la chaîne qui crachaient un vase après l'autre !

Shai se calma non sans mal, puis afficha un sourire forcé. Sa tante Sol lui avait dit un jour de sourire aux pires insultes et de montrer les dents face aux moins graves. Ainsi, personne ne saurait jamais ce qui lui traversait la tête.

– Alors comment comptez-vous me faire tenir tranquille ? demanda-t-elle. Nous avons établi que je fais partie des plus infâmes misérables qui rampent dans les couloirs de ce palais. Vous ne pouvez ni m'entraver, ni vous fier à vos propres soldats pour me garder.

– Eh bien, rétorqua Gaotona, chaque fois que ce sera possible, j'observerai personnellement votre travail.

Elle aurait préféré Frava - qui semblait plus facile à manipuler - mais ça lui paraissait jouable malgré tout.

– À votre guise, acquiesça-t-elle. Une grande partie de tout ça sera assommant pour qui ne comprend pas la Falsification.

– Je ne cherche pas à être distrait, répondit Gaotona en agitant la main vers le capitaine Zu. Chaque fois que je serai ici, le capitaine Zu me protégera. C'est le seul de nos Cogneurs qui connaisse la gravité des blessures de l'empereur, et lui seul est au courant de nos projets vous concernant. D'autres gardes vous surveilleront pendant le reste de la journée, et vous ne devez pas leur parler de votre tâche. Il n'y aura pas de rumeurs à propos de ce que nous faisons.

– Vous n'avez pas à craindre que je parle, déclara Shai, en toute sincérité pour une fois. Plus il y a de gens au courant d'une Falsification, plus elle risque d'échouer.

*Et puis,* se dit-elle, *si j'en parlais aux gardes, vous les feriez certainement exécuter pour préserver vos secrets.* Si elle n'appréciait pas les Cogneurs, elle aimait encore moins l'empire, et les gardes n'étaient en réalité qu'une sorte d'esclaves parmi d'autres. Shai n'avait pas pour habitude de faire tuer des gens sans raison.

– Excellent, dit Gaotona. La seconde méthode permettant de nous assurer votre… attention vis-à-vis du projet attend dehors. Capitaine, si vous voulez bien ?

Zu ouvrit la porte. Une silhouette drapée d'une cape se tenait auprès des gardes. Elle entra dans la pièce ; sa démarche était souple, mais quelque peu irréelle. Après que Zu eut fermé la porte, elle ôta son capuchon, dévoilant un visage aux yeux rouges et à la peau d'un blanc laiteux.

Shai siffla entre ses dents.

– Et vous qualifiez ce que je fais d'abomination ?

Gaotona l'ignora et se leva de sa chaise pour étudier le nouveau venu.

– Dites-le-lui.

L'homme posa de longs doigts blancs sur sa porte tandis qu'il l'inspectait.

– Je placerai la rune ici, déclara-t-il de sa voix à l'accent prononcé. Si elle quitte la pièce pour quelque raison que ce soit, ou si elle modifie la rune ou la porte, je le saurai. Mes familiers viendront la chercher.

Shai frissonna. Elle lança un regard noir à Gaotona.

– Un Marque-sang. Vous avez invité un Marque-sang dans votre palais ?

– Celui-ci a récemment démontré son utilité, répondit Gaotona. Il est loyal et discret. Il est aussi très efficace. Il y a… des occasions où l'on doit accepter l'aide des ténèbres afin de réprimer des ténèbres plus grandes.

Shai siffla de nouveau lorsque le Marque-sang tira quelque chose de l'intérieur de sa robe. Un spiritampe grossier façonné à partir d'un os. Ses « familiers » devaient également être faits d'os, Falsificats de vie humaine créés à partir de squelettes.

Le Marque-sang la regarda.

Shai recula.

– Vous ne vous attendez quand même pas que…

Zu la prit par les bras. Nom des nuits, qu'il était fort. Elle paniqua. Ses Marques Primordiales ! Il lui fallait ses Marques Primordiales ! Avec elles, elle pourrait se battre, s'enfuir, courir…

Zu pratiqua une incision le long de son bras. Elle sentit à peine la plaie peu profonde, mais se débattit malgré tout. Le Marque-sang s'avança pour encrer son affreux outil dans le sang de Shai. Il se détourna ensuite et appuya le tampon contre le milieu de sa porte.

Lorsqu'il retira la main, il laissa dans le bois un sceau d'un rouge luisant. Il possédait la forme d'un œil. À l'instant où il imprima le sceau, Shai ressentit une vive douleur dans le bras, là où elle avait été entaillée.

Elle écarquilla les yeux, le souffle court. Jamais qui que ce soit n'avait osé lui faire quelque chose de semblable. Il aurait presque mieux valu qu'elle fût exécutée ! Il aurait presque mieux valu…

*Maîtrise-toi,* se dit-elle avec insistance. *Deviens quelqu'un capable d'affronter ça.*

Elle prit une profonde inspiration et se força à devenir quelqu'un d'autre. Une imitation d'elle-même qui restait calme, même dans une situation comme celle-ci. C'était une imitation grossière, une simple illusion, mais elle fonctionnait.

Elle se dégagea de la poigne de Zu, puis accepta le mouchoir que lui tendait Gaotona. Elle foudroya le Marque-sang du regard tandis que la douleur de son bras s'estompait. Il lui sourit avec des lèvres blanches et légèrement translucides comme la peau d'un asticot. Il salua Gaotona d'un signe de tête avant de remonter sa capuche et de quitter la pièce en refermant derrière lui.

Shai se força à respirer régulièrement pour se calmer. Il n'y avait aucune subtilité dans ce que faisaient les Marque-sang ; leur art ne s'en embarrassait jamais. En lieu et place de talent ou de finesse, ils utilisaient des ruses et du sang. Cependant, leur art était efficace. L'homme saurait si Shai quittait la pièce, et il possédait son sang frais sur son tampon, qui était accordé sur elle. Grâce à lui, ses familiers morts vivants seraient en mesure de la pourchasser où qu'elle s'enfuie.

Gaotona se rassit sur sa chaise.

— Vous savez ce qui se passera si vous prenez la fuite ?

Shai lui lança un regard mauvais.

— Vous comprenez maintenant à quel point notre situation est désespérée, poursuivit-il doucement, joignant les doigts devant lui. Si vous prenez la fuite malgré tout, nous vous livrerons au Marque-sang. Vos os deviendront son prochain familier. Cette promesse est le seul paiement qu'il ait demandé. Vous pouvez vous mettre au travail, Faussaire. Faites-le bien, et vous échapperez à ce sort.

## Cinquième jour

Shai se mit donc au travail.

Elle entreprit de fouiller parmi les récits consacrés à la vie de l'empereur. Peu de gens comprenaient à quel point la Falsification reposait sur les études et les recherches. C'était un art que n'importe quel homme ou n'importe quelle femme pouvait apprendre ; il ne nécessitait qu'une main ferme et une grande attention aux détails.

Ainsi que la volonté de passer des semaines, des mois, voire des années à préparer le spiritampe idéal.

Shai ne disposait pas d'années devant elle. Elle lisait une biographie après l'autre dans la précipitation, veillant souvent tard la nuit en prenant des notes. Elle ne se pensait pas capable d'accomplir ce qu'ils lui demandaient. Créer un Falsificat vraisemblable de l'âme d'un homme, surtout dans un laps de temps si bref, n'était tout simplement pas possible. Malheureusement, elle devait faire bonne impression pendant qu'elle réfléchissait à son évasion.

On ne la laissait pas quitter la pièce. Elle se servait d'un pot de chambre en cas de besoin et, pour sa toilette, on lui accordait une baignoire d'eau chaude et des serviettes. Elle était sous surveillance constante, même pendant son bain.

Le Marque-sang venait chaque matin renouveler son sceau sur la porte. Chaque fois, l'acte nécessitait un peu de sang de Shai. Ses bras se retrouvèrent bientôt couverts d'entailles superficielles.

Pendant tout ce temps, Gaotona lui rendait visite. Le vieil arbitre l'étudiait tandis qu'elle lisait, l'observant de ces yeux qui la jugeaient… sans la haïr cependant.

Tandis qu'elle élaborait son plan, elle prit une décision : pour se libérer, elle serait probablement contrainte de le manipuler d'une manière ou d'une autre.

# Douzième jour

Shai pressa son tampon sur la nappe.

Comme toujours, il s'enfonça légèrement dans la matière. Un spiritampe laissait un sceau perceptible au toucher, quel que fût le matériau utilisé. Elle fit décrire un demi-tour au tampon – cette manœuvre ne brouillait pas l'encre, même si elle ignorait pourquoi. L'un de ses mentors lui avait appris que c'était parce que le sceau, à ce stade, touchait l'âme de l'objet plutôt que sa présence physique.

Lorsqu'elle retira le tampon, il laissa une empreinte rouge vif dans le bois, comme s'il y était gravé. La transformation se diffusa telle une vague à partir du sceau. Le cèdre fragile de la table, d'un gris terne, devint splendide et bien entretenu, doté d'une patine tiède qui reflétait la lumière des bougies.

Shai posa les doigts sur la nouvelle table ; elle était à présent lisse au toucher. Les côtés et les pieds étaient finement sculptés, incrustés d'argent par endroits.

Gaotona se redressa et baissa le livre qu'il lisait. Zu piétinait d'embarras à la vue du Falsificat.

– Qu'est-ce que c'était que ça ? demanda Gaotona d'une voix insistante.

– J'en avais assez de récolter des échardes, répondit Shai en haussant les épaules.

Lequel se mit à grincer. *Tu es le prochain,* se dit-elle.

Gaotona se leva et s'approcha de la table. Il la toucha comme s'il s'attendait que la transformation ne fût qu'une illusion. Ce n'était pas le cas. Cette table élégante semblait désormais affreusement déplacée dans la pièce miteuse.

– C'était à ça que vous étiez occupée ?

– Sculpter m'aide à réfléchir.

– Vous devriez vous concentrer sur votre tâche ! répliqua Gaotona. Pas sur ces frivolités. L'empire lui-même est en danger !

*Non,* se dit Shai. *Pas l'empire lui-même ; simplement votre autorité sur lui.* Malheureusement, au bout de onze jours, elle n'avait toujours aucune prise sur Gaotona, rien qu'elle pût exploiter.

– Mais je suis en train de travailler à votre problème, Gaotona, dit-elle. Ce que vous me demandez n'est pas exactement une tâche simple.

– Parce que transformer la table en était une ?

– Évidemment. Il m'a suffi de réécrire son passé pour qu'on l'ait entretenue au lieu de la laisser succomber à la négligence. Ça ne demandait presque aucun travail.

Gaotona hésita, puis s'agenouilla près de la table.

— Ces sculptures, ces incrustations… elles ne faisaient pas partie de l'original.

— Il se peut que j'aie ajouté quelques détails.

Elle ne savait pas avec certitude si le Falsificat allait prendre ou pas. D'ici à quelques minutes, le sceau risquait de s'évaporer et la table de retrouver son état précédent. Malgré tout, elle était quasiment sûre d'avoir deviné correctement son passé. Certains des documents qu'elle lisait précisaient l'origine de tel ou tel cadeau. La table, soupçonnait-elle, avait dû venir du lointain Svorden, offerte en présent au prédécesseur de l'empereur Ashravan. Les relations tendues avec le Svorden avaient ensuite conduit l'empereur à la reléguer hors de vue puis à l'ignorer.

— Je ne reconnais pas cette pièce, déclara Gaotona en observant la table.

— Pourquoi le devriez-vous ?

— J'ai étudié les arts anciens en détail, répondit-il. Est-ce qu'elle provient de la dynastie Vivare ?

— Non.

— Une imitation de l'œuvre de Chamrav ?

— Non.

— Quoi donc, alors ?

— Rien, répondit Shai, exaspérée. Ce n'est une imitation de rien ; elle est simplement devenue une meilleure version d'elle-même.

C'était là une maxime de la Falsification réussie : si l'on améliorait légèrement un original, les gens acceptaient souvent la contrefaçon parce qu'elle était bel et bien supérieure.

Gaotona se leva, l'air troublé. *Il est encore en train de se dire que je gaspille mon talent,* songea Shai avec agacement tout en écartant une pile de témoignages sur la vie de l'empereur. Rassemblés sur sa demande, ils émanaient des serviteurs du palais. Elle ne voulait pas se contenter des documents officiels. Il lui fallait de l'authenticité, pas des récitations stériles.

Gaotona regagna sa chaise.

— Je ne vois pas comment la transformation de cette table pourrait n'avoir demandé aucun travail, même si, de toute évidence, ça a dû être beaucoup plus simple que ce que nous vous demandons. Mais les deux me paraissent incroyables.

— Transformer un esprit humain est bien plus difficile.

— Je peux l'accepter sur un plan conceptuel, mais je n'en connais pas les détails. Pourquoi est-ce le cas ?

Elle lui lança un coup d'œil furtif. *Il veut en savoir plus sur ce que je fais,* se dit-elle, *afin de pouvoir déterminer comment je me prépare à m'enfuir.* Il savait qu'elle allait essayer, bien sûr. Mais tous deux feraient comme si de rien n'était.

— Très bien, dit-elle en se levant pour se diriger vers le mur de sa chambre. Parlons de Falsification. La cage dans laquelle vous m'avez enfermée possédait un mur fait de quarante-quatre types de pierre, qui servaient essentiellement de piège destiné à détourner mon attention. Il m'a fallu déterminer la constitution et l'origine de chacun des blocs si je voulais tenter de m'enfuir. Pourquoi ?

— Afin de pouvoir créer un Falsificat du mur, de toute évidence.

— Mais pourquoi tous ? insista-t-elle. Pourquoi ne pas transformer simplement un bloc ou plusieurs ? Pourquoi ne pas créer un trou assez gros pour m'y faufiler, un tunnel par où m'enfuir ?

— Je... (Il fronça les sourcils.) Je n'en ai aucune idée.

Shai posa la main contre le mur de sa chambre. Il avait été peint, mais la peinture s'écaillait à plusieurs endroits. Elle distinguait les pierres au toucher.

— Chaque chose existe dans trois Royaumes, Gaotona. Le physique, le cognitif, le spirituel. Le physique est ce que nous ressentons, ce qui se trouve devant nous. Le cognitif est la façon dont un objet est perçu et dont il se perçoit lui-même.

Le Royaume spirituel contient l'âme d'un objet - son essence - ainsi que la façon dont elle est reliée aux choses et aux gens qui l'entourent.

— Vous devez comprendre, précisa Gaotona, que je n'adhère pas à vos superstitions païennes.

— C'est vrai, vous adorez le soleil à la place, répondit Shai, sans parvenir à chasser totalement l'amusement de sa voix. Ou plutôt, quatre-vingts soleils - en croyant que, bien qu'ils soient tous strictement identiques, c'est en réalité un soleil différent qui se lève chaque jour. Eh bien, vous vouliez savoir comment fonctionne la Falsification et pourquoi l'âme de l'empereur sera si difficile à reproduire. Les Royaumes y jouent un rôle très important.

— Très bien.

— Voilà où je voulais en venir. Plus un objet existe longtemps dans son entièreté, plus longtemps il est vu dans cet état, plus son sentiment d'identité complète devient fort. Cette table se compose d'un assemblage de diverses pièces de bois, mais y pensons-nous de cette manière ? Non. Nous voyons l'objet complet.

« Pour falsifier la table, je dois la comprendre dans son entièreté. Il en va de même pour un mur. Ce mur existe depuis assez longtemps pour se considérer comme une entité unique. J'aurais sans doute pu attaquer chacun des blocs séparément - ils sont peut-être encore assez distincts -, toutefois ce serait difficile à accomplir, car le mur veut agir en tant qu'entité.

– Le mur, répondit Gaotona d'une voix blanche, *veut* être traité comme une entité.

– Oui.

– Vous sous-entendez qu'il possède une âme.

– Comme tous les objets. Chaque objet a une certaine perception de lui-même. Les questions d'intentions sont capitales. C'est pourquoi, maître Arbitre, je ne peux pas me contenter d'écrire une personnalité pour votre empereur, de le tamponner et en avoir fini. Sept des témoignages que j'ai lus affirment que le vert était sa couleur préférée. Savez-vous pourquoi ?

– Non, répondit Gaotona. Et vous ?

– Je n'en suis pas encore sûre. Je crois que c'est parce que son frère, qui est mort quand Ashravan avait six ans, avait toujours adoré cette couleur. L'empereur s'y est accroché car elle lui rappelle ce frère. Il y a peut-être également là un soupçon de nationalisme, car il est né en Ukurgi, où le drapeau provincial est majoritairement vert.

Gaotona sembla troublé.

– Vous devez connaître quelque chose d'aussi précis ?

– Nom des nuits, mais bien sûr ! Et mille autres détails de ce genre. Je peux me tromper sur certains. Je vais me tromper sur certains. Avec un peu de chance, la plupart n'auront aucune importance – sa personnalité s'en trouvera légèrement décalée, mais chaque individu change de jour en jour de toute manière. Cependant, si je me trompe sur des points trop nombreux, la personnalité n'aura aucune importance car le tampon ne prendra pas. Du moins, il ne tiendra pas assez longtemps pour servir à quoi que ce soit. Je suppose que la mascarade sera impossible à maintenir s'il faut retamponner votre empereur tous les quarts d'heure.

– Vous supposez bien.

Shai s'assit en soupirant pour parcourir ses notes.

– Vous avez dit en être capable, déclara Gaotona.

– Oui.

– Vous l'avez déjà accompli, sur votre âme.

– Je connais mon âme, répondit-elle. Je connais mon histoire. Je sais ce que je peux transformer pour atteindre l'effet dont j'ai besoin - et malgré tout, fabriquer correctement mes Marques Primordiales n'a pas été facile. À présent, non seulement je dois le faire pour quelqu'un d'autre, mais la transformation doit être beaucoup plus complète. Et il ne me reste que quatre-vingt-dix jours pour y parvenir.

Gaotona hocha lentement la tête.

– Maintenant, poursuivit-elle, vous devriez me dire comment vous vous y prenez pour continuer à faire croire que l'empereur est toujours conscient et en bonne santé.

— Nous faisons tout ce qui est nécessaire.

— Je n'en suis vraiment pas persuadée. Je crois que vous découvririez que je suis nettement meilleure que la plupart en matière de tromperies.

— Je crois que c'est vous qui allez être surprise, rétorqua Gaotona. Nous sommes, après tout, des politiques.

— D'accord, très bien. Mais vous lui faites porter à manger, n'est-ce pas ?

— Bien sûr. Trois repas sont envoyés chaque jour aux appartements de l'empereur. Lorsqu'ils regagnent les cuisines du palais, ils ont été mangés, même si, en réalité, on le nourrit évidemment de bouillon. Il le boit sur demande mais regarde fixement devant lui, comme s'il était à la fois sourd et muet.

— Et le pot de chambre ?

Gaotona grimaça.

— Il ne se contrôle plus. Nous lui mettons des couches en permanence.

— Mais nom des nuits ! Personne ne change un pot de chambre factice ? Vous ne croyez pas que ça puisse paraître suspect ? Les servantes vont échanger des ragots, tout comme les gardes à la porte. Vous devez réfléchir à ces choses-là !

Gaotona eut la décence de rougir.

— Je vais m'assurer que ça se produise, bien que je n'aime pas l'idée que quelqu'un d'autre entre dans ses appartements. Trop de gens risquent de découvrir le pot aux roses.

— Dans ce cas, choisissez quelqu'un en qui vous avez confiance, répliqua Shai. En fait, imposez une règle aux portes de l'empereur. Personne ne doit entrer sans être porteur d'une carte où figure votre sceau personnel. Et oui, je sais pourquoi vous ouvrez la bouche pour protester. Je sais très bien à quel point les appartements de l'empereur sont bien gardés – c'est l'un des points que j'ai étudiés lors de mes recherches pour pénétrer dans la galerie. Votre sécurité n'est pas assez stricte, comme l'ont prouvé les assassins. Faites ce que je suggère. Plus il y aura de niveaux de sécurité, mieux ce sera. Si la nouvelle de ce qui est arrivé à l'empereur se répand, je ne doute pas de me retrouver dans cette cellule à attendre qu'on m'exécute.

Gaotona soupira, mais acquiesça.

— Que suggérez-vous d'autre ?

## Dix-septième jour

Un vent frais chargé d'odeurs d'épices inconnues se faufilait par les interstices qui entouraient la fenêtre gauchie de Shai. Le bourdonnement étouffé des vivats s'infiltrait également. Dehors, la ville était en pleine célébration. Delbahad, une fête dont personne ne connaissait l'existence jusqu'à deux années auparavant. La Faction de l'Héritage continuait à déterrer et à remettre au goût du jour des fêtes anciennes dans un effort visant à retourner l'opinion publique en sa faveur.

En pure perte. L'empire n'était pas une république, et seuls les arbitres auraient leur mot à dire dans l'intronisation d'un nouvel empereur. Shai détourna son attention des festivités et se remit à lire le journal de l'empereur.

*J'ai finalement décidé d'écouter les demandes de ma faction,* écrivait-il. *Je vais me proposer pour devenir empereur, comme Gaotona m'y a si souvent encouragé. L'empereur Yazad est de plus en plus affaibli par la maladie, et un successeur sera bientôt désigné.*

Shai griffonna une note. Gaotona avait encouragé Ashravan à briguer le trône. Et cependant, plus loin dans le journal, Ashravan parlait de Gaotona avec mépris. Pourquoi ce changement ? Elle termina de prendre des notes, puis s'intéressa à une autre entrée, des années plus tard.

Le journal de l'empereur Ashravan la fascinait. Il l'avait rédigé de sa propre main et avait inclus la consigne qu'on le détruise à sa mort. C'était à contrecœur et à grands cris que les arbitres l'avaient remis à Shai. Il n'était pas mort. Son corps vivait toujours. Par conséquent, ils étaient tout à fait en droit de ne pas brûler ses écrits.

Ils parlaient avec confiance, mais elle lisait l'incertitude dans leurs yeux. Ils étaient faciles à déchiffrer – excepté Gaotona, dont les pensées lui échappaient toujours. Ils ne comprenaient pas le but de ce journal. Pourquoi écrire, se demandaient-ils, sinon pour la postérité ? Pourquoi coucher ses réflexions sur le papier si ce n'était dans l'intention que d'autres les lisent ?

*Autant demander à une Faussaire,* songea-t-elle, *pourquoi elle tire satisfaction de créer un faux et de le voir exposé sans qu'une seule personne sache que c'est son œuvre – et non pas celle de l'artiste original – que les gens révèrent.*

Le journal lui en apprenait bien plus sur l'empereur que ne l'avaient fait les documents officiels, et pas seulement à cause de son contenu. Les pages étaient usées et tachées d'avoir été si souvent tournées. Ashravan avait effectivement rédigé ce journal pour qu'il fût lu – par lui-même.

Quels souvenirs Ashravan avait-il recherchés assez ardemment pour le relire encore et encore et encore ? Était-ce par vanité, parce qu'il savourait le frisson des conquêtes passées ? Ou plutôt par insécurité ? Passait-il des heures à relire ces mots parce qu'il voulait justifier ses erreurs ? Ou fallait-il y voir une autre raison ?

La porte de sa chambre s'ouvrit. Ils avaient cessé de frapper. Pourquoi le feraient-ils ? Ils lui refusaient déjà tout semblant d'intimité. Elle restait une prisonnière, simplement plus importante qu'auparavant.

L'Arbitre Frava entra, gracieuse et maussade, vêtue d'une robe d'un violet doux. Cette fois-ci, sa tresse grise était agrémentée d'or et de violet. Le capitaine Zu la protégeait. Shai soupira intérieurement et ajusta ses lunettes. Gaotona étant allé se joindre aux festivités, elle avait prévu une soirée d'études et de planification sans interruption.

— J'ai cru comprendre, déclara Frava, que vous progressez à un rythme tout à fait insignifiant.

Shai reposa son livre.

— En réalité, c'est plutôt rapide. Je suis quasiment prête à commencer la fabrication des tampons. Comme je l'ai rappelé tout à l'heure à l'Arbitre Gaotona, j'ai toujours besoin d'un cobaye qui ait connu l'empereur. Le lien qui les unit me permettra de tester des tampons sur lui, et ils prendront brièvement - assez longtemps pour que je vérifie quelques petites choses.

— Nous vous en fournirons un, répliqua Frava tout en longeant la table à la surface luisante.

Elle y passa l'index et s'arrêta au niveau du sceau rouge. Elle le toucha du doigt.

— Quelle horreur ! Après vous être donné tant de mal pour embellir la table, pourquoi ne pas placer le sceau en dessous ?

— Je suis fière de mon travail, riposta Shai. N'importe quel Faussaire qui le verra pourra l'examiner et se rendre compte de ce que j'ai fait.

Frava renifla.

— Vous ne devriez pas être fière de ces choses-là, petite voleuse. Et puis le but même de votre art n'est-il pas de cacher que vous en êtes l'auteur ?

— Parfois, répondit Shai. Quand j'imite une signature ou que je contrefais un tableau, le subterfuge fait partie intégrante de l'acte. Avec la Falsification, la véritable Falsification, en revanche, on ne peut pas cacher ce qu'on a fait. Le tampon sera toujours là pour décrire précisément ce qui s'est passé. Autant en être fier.

C'était la curieuse énigme autour de laquelle tournait sa vie. L'activité de Faussaire n'avait pas trait qu'aux spiritampes - elle concernait aussi l'art de l'imitation dans son entièreté. L'écriture, les œuvres d'art, les signets personnels... un apprenti Faussaire - formé à moitié en secret par son peuple - apprenait la contrefaçon ordinaire en détail avant qu'on lui enseigne à utiliser les spiritampes.

Les tampons étaient l'ordre le plus élevé de leur art, mais c'était aussi le plus difficile à cacher. Oui, on pouvait apposer un sceau à un emplacement discret sur un objet, puis le recouvrir. Shai l'avait fait à l'occasion. Cependant, tant que le sceau restait visible quelque part, un Falsificat ne pouvait être parfait.

— Laissez-nous, ordonna Frava à Zu ainsi qu'aux gardes.

— Mais... protesta Zu en s'avançant.

Il gronda tout bas, puis s'inclina en signe d'obéissance. Il lança un regard noir à Shai - c'était quasiment une seconde occupation pour lui, ces jours-ci - et se retira avec ses hommes. La porte se referma avec un déclic.

Le tampon du Marque-sang était toujours présent sur la porte, renouvelé le matin même. Le Marque-sang se présentait presque à la même heure chaque jour. Shai avait pris des notes précises. Les jours où il avait un peu de retard, son sceau commençait à s'estomper juste avant son arrivée. Il la rejoignait toujours à temps pour le renouveler, mais peut-être qu'un jour…

Frava étudia Shai d'un œil calculateur.

Shai soutint fermement son regard.

– Zu croit que je vais vous faire quelque chose d'affreux pendant que nous sommes seules.

– Zu est simple d'esprit, expliqua Frava, même s'il se révèle très utile quand il faut tuer quelqu'un. Avec un peu de chance, vous n'aurez même pas à faire l'expérience directe de son efficacité.

– Vous n'êtes pas inquiète ? demanda Shai. Vous vous trouvez seule dans une pièce avec un monstre.

– Je me trouve seule dans une pièce avec une opportuniste, rectifia Frava, qui s'approcha de la porte pour inspecter le sceau qui y brûlait. Vous ne me ferez aucun mal. Vous êtes trop curieuse de découvrir pourquoi j'ai renvoyé les gardes.

*En réalité,* songea Shai, *je sais précisément pourquoi vous les avez renvoyés. Et pourquoi vous venez me voir à un moment où tous vos associés arbitres sont occupés par le festival.* Elle attendit que Frava lui fît son offre.

– Avez-vous déjà songé, reprit Frava, qu'il serait extrêmement… utile à l'empire d'avoir un empereur qui sache écouter la voix de la sagesse lorsqu'il l'entend ?

– Je suis persuadée que l'empereur Ashravan le faisait déjà.

— À certaines occasions, reconnut Frava. À d'autres, il pouvait se montrer… d'une bêtise agressive. Ne serait-il pas formidable qu'il se trouve, à sa renaissance, dépourvu de cette tendance ?

— Je croyais que vous vouliez qu'il agisse exactement comme avant, répondit Shai. Qu'il soit aussi proche que possible de l'original.

— C'est vrai, c'est vrai. Mais vous êtes réputée être l'une des plus grandes Faussaires de tous les temps, et je sais de source sûre que vous êtes particulièrement douée pour falsifier votre propre âme. Vous devez bien être capable de reproduire l'âme de ce cher Ashravan avec authenticité, tout en le rendant à même d'entendre raison… quand cette raison est formulée par des individus spécifiques.

*Nuits de flamme*, songea Shai. *Vous mourez d'envie de me le demander, n'est-ce pas ? Vous voulez que je crée une porte dérobée qui donne accès à l'âme de l'empereur, et vous n'avez même pas la décence d'en avoir honte.*

— Je… serais peut-être en mesure de faire ce genre de choses, déclara Shai, comme si elle y réfléchissait pour la première fois. Ce serait difficile. Il me faudrait une récompense à la hauteur de l'effort.

Frava se tourna vers elle.

— Une récompense digne de ce nom serait en effet appropriée. J'ai bien conscience que vous comptiez sans doute quitter le Siège Impérial à la suite de votre libération, mais pourquoi donc ? Cette ville pourrait vous offrir de grandes opportunités, si le souverain qui occupe le trône vous est favorable.

– Soyez plus directe, Arbitre, marmonna Shai. J'ai devant moi une longue soirée passée à étudier pendant que les autres feront la fête. Je ne suis pas d'humeur à jouer avec les mots.

– Cette ville possède un réseau de contrebande prospère, expliqua Frava. Suivre ses activités de près est l'un de mes passe-temps. Ça me serait utile qu'il soit dirigé par quelqu'un de compétent. Je vous offrirai cette fonction si vous accomplissez cette tâche pour moi.

C'était toujours là qu'ils se trompaient – lorsqu'ils croyaient savoir pourquoi Shai faisait ce qu'elle faisait. Lorsqu'ils supposaient qu'elle allait sauter sur une occasion comme celle-ci, qu'un contrebandier et un Faussaire étaient plus ou moins similaires parce que tous deux désobéissaient aux lois.

– Voilà qui semble intéressant, répondit Shai avec son sourire le plus sincère – celui qui était subtilement teinté de tromperie.

Frava lui retourna un large sourire.

– Je vous laisse y réfléchir, dit-elle en ouvrant la porte et en frappant dans ses mains pour ordonner aux gardes de rentrer.

Shai se laissa tomber sur sa chaise, horrifiée. Pas à cause de l'offre - voilà déjà des jours qu'elle en attendait une semblable - mais parce qu'elle venait à peine d'en comprendre les implications. La proposition était, bien sûr, un mensonge. Frava était peut-être en mesure de lui offrir une telle chose, toutefois elle n'en ferait rien. Même à supposer que cette femme n'eût pas déjà eu l'intention de faire tuer Shai, cette proposition scellait cette éventualité.

Mais il y avait plus que ça. Bien plus, même. *De son point de vue, elle vient de semer dans ma tête l'idée d'implanter un moyen de contrôle dans l'esprit de l'empereur. Elle ne se fiera pas à mon Falsificat. Elle s'attendra que je place mes propres portes dérobées qui me permettront, à* moi *plutôt qu'à elle, de contrôler totalement Ashravan.*

Qu'est-ce que ça signifiait ?

Ça signifiait que Frava avait un autre Faussaire à sa disposition. Qui ne possédait sans doute ni le talent ni la hardiesse nécessaires pour tenter de falsifier l'âme de quelqu'un d'autre - mais qui inspecterait le travail de Shai et découvrirait toutes les portes dérobées qu'elle y placerait. Ce Faussaire bénéficierait d'une confiance plus grande de la part de Frava et pourrait réécrire le travail de Shai pour donner le contrôle à l'arbitre.

Il parviendrait peut-être même à le mener à son terme, si elle le poussait assez loin dans un premier temps. Shai avait eu l'intention de mettre à profit la totalité de ces cent jours pour planifier son évasion, or elle comprenait à présent que son exécution pouvait survenir n'importe quand.

Plus elle approcherait de la fin du projet, plus cette éventualité deviendrait probable.

## Trentième jour

– C'est nouveau, commenta Gaotona en inspectant le vitrail.

Ç'avait été une idée particulièrement judicieuse de la part de Shai. Toutes ses tentatives visant à falsifier la fenêtre pour en faire une version améliorée d'elle-même avaient échoué ; chaque fois, au bout de cinq minutes environ, la fenêtre était redevenue fissurée et mal ajustée.

Puis Shai avait découvert un fragment de verre coloré enfoncé dans un côté du chambranle. La fenêtre, comprit-elle, avait autrefois été munie d'un vitrail, comme beaucoup de fenêtres du palais. Elle avait été brisée et le cadre gauchi par la même occasion, produisant ces interstices qui laissaient passer le vent glacial.

Plutôt que de la réparer telle qu'elle devait être, quelqu'un y avait placé du verre ordinaire et l'avait laissé se fissurer. Un tampon créé par Shai et appliqué dans le coin inférieur droit avait restauré la fenêtre, réécrivant son histoire afin qu'un maître artisan attentionné ait découvert le vitrail tombé à terre et l'ait réparée. Le sceau avait immédiatement pris effet. Même après tout ce temps, la fenêtre s'était vue comme quelque chose de beau.

À moins que Shai ne fût de nouveau d'humeur romantique.

— Vous aviez promis de m'amener un cobaye aujourd'hui, déclara-t-elle en soufflant pour chasser la poussière de l'extrémité d'un tampon tout juste taillé, finement sculpté.

Elle y grava une série de marques rapides. La marque stabilisante mettait la touche finale à chaque spiritampe, indiquant qu'elle avait fini de le sculpter. Shai avait toujours trouvé que sa forme rappelait celle de MaiPon, son pays natal.

Ces marques terminées, elle tint le tampon au-dessus d'une flamme. C'était une propriété de la spirilithe ; le feu la durcissait, de sorte qu'elle ne pouvait être ébréchée. Elle n'avait pas vraiment besoin d'accomplir cette étape. Les marques stabilisantes du dessus étaient les seules réellement nécessaires, et elle pouvait en réalité tailler un spiritampe dans n'importe quelle pierre tant qu'elle sculptait avec précision. La spirilithe était cependant très recherchée en raison de ce processus de trempage.

Quand l'objet fut entièrement noirci par la flamme de la bougie - d'abord d'un côté, puis de l'autre -, elle le tint en l'air et souffla très fort dessus. Des flocons de brûlé se détachèrent, dévoilant la superbe pierre marbrée rouge et gris.

— Oui, répondit Gaotona. Un cobaye. J'en ai amené un, comme promis.

Gaotona traversa la petite chambre en direction de la porte où Zu montait la garde.

Shai se laissa aller sur sa chaise, qu'elle avait falsifiée pour la rendre plus confortable quelques jours plus tôt, et patienta. Elle avait fait un pari avec elle-même. Le sujet serait-il l'un des gardes de l'empereur ? Ou s'agirait-il de quelque humble fonctionnaire du palais, par exemple l'homme qui prenait des notes pour Ashravan ? Qui les arbitres obligeraient-ils à subir les blasphèmes de Shai au nom du bien supposé de tous ?

Gaotona s'assit sur la chaise placée près de la porte.

— Alors ? demanda Shai.

Il écarta les bras.

— Vous pouvez commencer.

Shai posa ses pieds à terre et se redressa.

— Vous ?

— Oui.

— Vous êtes l'un des arbitres ! L'une des personnes les plus puissantes de l'empire !

— Ah, répondit-il, je n'avais pas remarqué. Je corresponds à vos indications. Je suis de sexe masculin, né au même endroit qu'Ashravan, et je l'ai très bien connu.

— Mais…

Shai laissa sa phrase en suspens.

Gaotona se pencha en avant, joignant les mains.

– Voilà des semaines que nous en débattons. D'autres solutions ont été proposées, mais il a été décidé que nous ne pouvions pas, en toute bonne conscience, obliger un membre de notre peuple à subir ce blasphème. La seule conclusion consistait à proposer l'un des nôtres.

Shai s'arracha à sa stupéfaction. *Frava n'aurait eu aucun mal à donner cet ordre à quelqu'un d'autre,* se dit-elle. *Les autres non plus. Vous avez dû insister sur ce point, Gaotona.*

Ils le considéraient comme un rival ; sans doute étaient-ils ravis qu'il subisse les actes censément horribles et tordus de Shai. Ce qu'elle comptait faire était parfaitement inoffensif, mais elle ne pourrait jamais en convaincre un Éminent. Malgré tout, elle se surprit à souhaiter mettre Gaotona à l'aise lorsqu'elle approcha sa chaise de la sienne et ouvrit la petite boîte de tampons qu'elle avait créés ces trois dernières semaines.

– Ces tampons ne prendront pas, dit-elle en brandissant l'un d'entre eux. C'est un terme utilisé par les Faussaires pour désigner un tampon qui produit un changement trop peu naturel pour être stable. Je doute qu'un seul de ceux-là vous affecte plus d'une minute – à supposer déjà que je les aie fabriqués correctement.

Gaotona hésita, puis hocha la tête.

— L'âme humaine est différente de celle d'un objet, poursuivit Shai. Une personne passe son temps à grandir, à changer, à évoluer. C'est ce qui fait qu'un spiritampe utilisé sur une personne perd son effet d'une manière qui ne se produit pas avec les objets. Même dans le meilleur des cas, un spiritampe utilisé sur une personne ne dure qu'une journée. Mes Marques Primordiales en sont un exemple. Au bout de vingt-six heures environ, elles s'estompent.

— Et donc… l'empereur ?

— Si je fais bien mon travail, il faudra le tamponner chaque matin, un peu comme le Marque-sang tamponne ma porte. Cependant, je vais intégrer à ce sceau la capacité de se souvenir, de grandir et d'apprendre - il ne retrouvera pas exactement le même état chaque matin, et il sera capable de bâtir sur les fondations que je lui donnerai. Cela dit, de la même façon qu'un corps humain s'épuise et a besoin de sommeil, un spiritampe utilisé sur l'un d'entre nous doit être renouvelé. Fort heureusement, n'importe qui peut se charger d'appliquer le tampon - Ashravan lui-même devrait en être capable - à partir du moment où ce tampon est préparé correctement.

Elle tendit à Gaotona le tampon qu'elle tenait pour lui permettre de l'inspecter.

— Chacun des tampons que j'utiliserai aujourd'hui, reprit-elle, provoquera un changement infime dans votre passé ou votre personnalité innée. Comme vous n'êtes pas Ashravan, les changements ne prendront pas. Cependant, votre histoire est assez proche de la sienne pour que les sceaux puissent espérer durer un court laps de temps, si je les ai fabriqués correctement.

– Vous voulez dire que c'est là un... modèle d'âme de l'empereur ? demanda Gaotona en étudiant le tampon.

– Non. Simplement un Falsificat d'un petit fragment de son âme. Je ne sais même pas avec certitude si le produit final fonctionnera. Pour autant que je le sache, personne n'a encore tenté quoi que ce soit de strictement identique. Mais il y a des récits qui parlent de personnes falsifiant l'âme des autres à des fins... malfaisantes. Je puise dans cette connaissance pour accomplir ceci. D'après ce que je sais, si ces sceaux durent ne serait-ce qu'une minute sur vous, ils devraient durer beaucoup plus longtemps sur l'empereur, puisqu'ils sont accordés sur son passé à lui.

– Un petit fragment de son âme, répéta Gaotona en lui rendant son sceau. Donc ces essais... vous n'allez pas utiliser ces sceaux dans le produit final ?

– Non, mais je prendrai les modèles qui fonctionnent pour les incorporer dans une création plus vaste. Considérez ces sceaux comme des caractères uniques sur un grand parchemin ; une fois que j'en aurai fini, je serai en mesure de les assembler pour raconter une histoire. Celle du vécu et de la personnalité d'un homme. Malheureusement, même si le Falsificat prend, il y aura de légères différences. Je vous suggère de commencer à répandre des rumeurs selon lesquelles l'empereur a été blessé. Pas grièvement, toutefois, mais parlez d'un bon coup à la tête. Ça expliquera les divergences.

— Il y a des rumeurs concernant sa mort, marmonna Gaotona, répandues par la Faction de la Gloire.

— Eh bien, dans ce cas, indiquez plutôt qu'il a été blessé.

— Mais…

Shai leva le tampon.

— Même si j'accomplis l'impossible - ce que je n'ai, après tout, fait qu'à de rares occasions -, le Falsificat n'englobera pas tous les souvenirs de l'empereur. Il ne peut contenir que les choses sur lesquelles je me suis documentée ou celles que j'ai devinées. Ashravan a dû avoir de nombreuses conversations privées que le Falsificat *ne* sera *pas* en mesure de rappeler. Je peux lui conférer une capacité élevée à jouer la comédie - j'ai une excellente compréhension de ces choses-là -, cela dit la comédie a ses limites. Quelqu'un finira par s'apercevoir que ses souvenirs comportent d'énormes lacunes. Faites courir les rumeurs, Gaotona. Vous en aurez besoin.

Il acquiesça, puis retroussa sa manche pour exposer son bras. Elle leva le tampon et Gaotona soupira, ferma très fort les yeux et les rouvrit ensuite.

Elle le pressa contre sa peau. Comme toujours, quand le tampon toucha l'épiderme, il donna la sensation d'appuyer contre une surface dure – comme si son bras s'était transformé en pierre. Le tampon s'enfonça légèrement. Ce qui produisait une sensation déroutante quand on travaillait sur un individu. Elle fit pivoter le tampon avant de le retirer, laissant un sceau rouge sur le bras de Gaotona. Elle sortit sa montre de sa poche et observa l'aiguille des secondes.

Le sceau dégagea de faibles volutes de fumée rouge, ce qui survenait uniquement quand on tamponnait des créatures vivantes. L'âme luttait contre la réécriture. Cependant, le sceau ne se volatilisa pas immédiatement. Shai cessa de retenir son souffle. C'était bon signe.

Elle s'interrogea… si elle devait tenter quelque chose de semblable sur l'empereur, son âme résisterait-elle contre cette invasion ? Ou accepterait-elle plutôt le tampon, désireuse de voir rectifier ce qui avait mal tourné ? De la même façon que cette fenêtre avait voulu retrouver sa beauté d'autrefois ? Elle l'ignorait.

Gaotona la regarda.

– Est-ce que ça a… fonctionné ?

– Ça a pris, pour l'instant.

— Je ne sens aucune différence.

— C'est le but. Si l'empereur percevait les effets du tampon, il comprendrait que quelque chose va de travers. Maintenant, répondez-moi sans réfléchir ; parlez par réflexe uniquement. Quelle est votre couleur préférée ?

— Le vert, répliqua-t-il aussitôt.

— Pourquoi ?

— Parce que… (Il laissa sa phrase en suspens et inclina la tête.) Parce que c'est le cas.

— Et votre frère ?

Gaotona haussa les épaules.

— Je me souviens à peine de lui. Il est mort quand j'étais très jeune.

— C'est une bonne chose, commenta Shai. Il aurait fait un empereur épouvantable s'il avait été choisi à…

Gaotona se leva.

— Ne vous avisez pas de dire du mal de lui ! Je vous ferai… (Il se crispa et lança un coup d'œil en direction de Zu, qui avait tiré son épée, alarmé.) Je… mon frère… ?

Le sceau s'estompa.

— Une minute et cinq secondes, déclara Shai. Celui-ci me paraît bon.

Gaotona porta la main à sa tête.

— Je me rappelle avoir eu un frère. Mais… je n'en ai pas, et je n'en ai jamais eu. Je me souviens que je l'idolâtrais ; je me rappelle avoir souffert à sa mort. Cette *souffrance*…

– Elle s'estompera, répondit Shai. Les impressions vont s'effacer comme les vestiges d'un mauvais rêve. Dans une heure, vous vous rappellerez à peine ce qui vous avait bouleversé à ce point. (Elle prit quelques notes.) Je crois que vous avez réagi trop violemment quand j'ai insulté le souvenir de votre frère. Ashravan vénérait son frère, mais gardait ses sentiments enfouis profondément, par culpabilité à l'idée que son frère aurait peut-être fait un meilleur empereur que lui.

– Pardon ? Vous êtes sûre ?

– Sur ce point ? Oui. Je vais devoir modifier légèrement ce tampon, mais je crois qu'il est pratiquement exact.

Gaotona se rassit et l'étudia avec des yeux sans âge qui semblaient tenter de la transpercer, de creuser profondément en elle.

– Vous en savez beaucoup sur les gens.

– C'est l'une des premières étapes de notre formation, rétorqua Shai. Avant qu'on nous autorise même à toucher la spirilithe.

– Tout ce potentiel…, murmura Gaotona.

Shai s'obligea à ravaler une bouffée de contrariété. Comment osait-il la regarder ainsi, comme si elle gâchait sa vie ? Elle adorait la Falsification. Ce frisson, cette vie passée à s'en sortir grâce à son intelligence. C'était sa nature. N'est-ce pas ?

Elle songea à une Marque Primordiale bien précise, enfermée avec les autres. C'était une

Marque qu'elle n'avait jamais utilisée, mais qui était en même temps la plus précieuse des cinq.

— Essayons-en un autre, déclara-t-elle en ignorant le regard de Gaotona.

Elle ne pouvait se permettre d'être en colère. Sa tante Sol lui avait toujours dit que l'orgueil serait son pire ennemi dans la vie.

— Très bien, répondit Gaotona, mais un point m'échappe. D'après le peu que vous m'avez expliqué de ce processus, je ne comprends pas comment ces sceaux peuvent avoir le moindre effet sur moi. N'avez-vous pas besoin de connaître précisément l'histoire d'un sujet pour qu'un sceau fonctionne sur lui ?

— Pour le faire adhérer, oui. Comme je vous le disais, c'est une question de plausibilité.

— Mais ce n'est absolument pas plausible ! Je n'ai pas de frère.

— Ah. Eh bien, voyons si je peux vous faire comprendre, dit-elle en se laissant aller sur son siège. Je réécris votre âme de sorte qu'elle corresponde à celle de l'empereur – tout comme j'ai réécrit l'histoire de cette fenêtre pour y inclure un nouveau vitrail. Dans les deux cas, ça fonctionne parce que c'est familier. Le chambranle sait à quoi doit ressembler un vitrail. Bien que la nouvelle fenêtre ne soit pas la même que l'ancienne, le sceau fonctionne parce que l'idée générale d'un vitrail a été menée à bien.

« Vous avez passé beaucoup de temps en présence de l'empereur. Votre âme connaît bien la sienne, de la même façon que le chambranle connaît le vitrail. C'est pourquoi je dois tester les tampons sur quelqu'un comme vous, plutôt que sur moi-même. Quand je vous tamponne, c'est comme si… comme si je présentais à votre âme un morceau de quelque chose qu'elle doit connaître. Ça ne marche que si le fragment est très petit, mais à partir du moment où il l'est – et où l'âme considère que ce fragment est une partie familière d'Ashravan, comme je vous le disais –, le tampon prendra pendant un bref laps de temps avant d'être rejeté.

Gaotona la dévisagea d'un air perplexe.

– Ce ne sont que des superstitions idiotes à vos oreilles, je suppose ? demanda Shai.

– C'est… quelque peu mystique, répondit Gaotona en écartant les mains devant lui. Un chambranle qui comprend « l'idée » d'un vitrail ? Une âme qui comprend « l'idée » d'une autre âme ?

– Ces choses existent au-delà de nous, expliqua Shai en préparant un autre tampon. Nous pensons à des fenêtres, nous savons ce qu'est une fenêtre ; ce qu'elle ou n'est pas prend un… sens, dans le Royaume spirituel. Prend vie, d'une certaine façon. Croyez ou non mes explications ; ça n'a sans doute aucune importance. Il reste que je peux tester ces tampons sur vous, et s'ils adhèrent ne serait-ce qu'une minute, ça indique assez clairement que j'ai mis le doigt sur quelque chose.

« Dans l'idéal, j'aimerais les tester sur l'empereur lui-même mais, dans son état, il ne pourrait pas répondre à mes questions. Je dois non seulement obtenir qu'ils prennent, mais aussi les faire fonctionner ensemble – ce qui nécessitera que vous m'indiquiez en détail ce que vous ressentez afin que je puisse pousser la conception dans la bonne direction. Maintenant, si vous voulez bien me donner votre bras ?

– Très bien.

Gaotona se calma et Shai appuya un autre sceau contre son bras. Elle le verrouilla en lui imprimant un demi-tour mais, dès qu'elle retira le tampon, le sceau disparut dans une volute de fumée rouge.

– Aïe, commenta Shai.

– Que s'est-il passé ? s'enquit Gaotona en tendant les doigts vers son bras. (Il étala une trace d'encre ordinaire ; le sceau avait disparu si vite que l'encre ne s'y était même pas intégrée.) Que m'avez-vous fait cette fois-ci ?

– Rien, semblerait-il, murmura Shai en inspectant la tête du tampon en quête de défauts, sans en trouver un seul. Je me suis trompée sur celui-ci. Totalement trompée.

– De quoi s'agissait-il ?

— De la raison pour laquelle Ashravan a accepté de devenir empereur. Nuits de flamme ! J'étais tellement sûre d'avoir vu juste.

Elle secoua la tête et reposa le tampon. Ashravan, apparemment, ne s'était pas proposé de devenir empereur en raison d'un désir profond de faire ses preuves vis-à-vis de sa famille et d'échapper à l'ombre distante - mais si longue - de son frère.

— Je peux vous dire pourquoi il l'a fait, Faussaire, déclara Gaotona.

Elle l'étudia. *Cet homme a encouragé Ashravan à briguer le trône impérial,* se dit-elle. Ashravan avait fini par le haïr pour cette raison. *Je crois.*

— D'accord, dit-elle. Pourquoi donc ?

— Il voulait changer les choses. Dans l'empire.

— Il n'en parle pas dans son journal.

— Ashravan était un homme humble.

Shai haussa un sourcil. Ça ne correspondait pas aux témoignages qu'elle avait rassemblés.

— Oh, il avait son caractère, ajouta Gaotona. Et si vous le mettiez d'humeur à se disputer, il plantait les crocs et s'accrochait. Mais l'homme… l'homme qu'il était… Au plus profond de lui, il était humble. C'est quelque chose que vous devez comprendre sur lui.

— Je vois.

*À lui aussi, vous l'avez fait subir, n'est-ce pas ?* songea Shai. *Cette expression déçue, cette façon de sous-entendre que nous devrions être de bien meil-*

*leures personnes*. Shai n'était pas la seule à sentir que Gaotona la regardait comme un grand-père mécontent.

Ça lui donnait envie d'ignorer totalement cet homme. Seulement... il s'était porté volontaire pour ses tests. Il pensait que ce qu'elle faisait était effroyable, et avait donc insisté pour subir ce châtiment lui-même au lieu d'y envoyer quelqu'un d'autre.

*Vous êtes quelqu'un de sincère, n'est-ce pas, vieil homme ?* se dit Shai alors que Gaotona s'adossait à son siège, le regard lointain tandis qu'il pensait à l'empereur. Elle en éprouva une certaine contrariété.

Dans son métier, beaucoup de gens se moquaient des hommes honnêtes et les qualifiaient de proies toutes désignées. C'était une erreur. Être honnête ne rendait pas les gens naïfs pour autant. Un idiot malhonnête et un idiot honnête étaient tout aussi faciles à arnaquer ; simplement, on s'y prenait différemment.

Cependant, un homme à la fois honnête et intelligent était toujours, toujours plus difficile à arnaquer que quelqu'un de malhonnête et d'intelligent.

La sincérité. Elle était, par définition, si délicate à feindre.

— À quoi réfléchissez-vous derrière ces yeux-là ? demanda Gaotona en se penchant vers elle.

– Je me disais que vous aviez dû traiter l'empereur comme moi, en le contrariant à force de le harceler avec ce qu'il devait accomplir.

Gaotona ricana.

– C'est sans doute vrai. Ce qui ne signifie pas que j'ai tort, ou que j'avais tort. Il aurait pu... eh bien, devenir tellement plus qu'il n'était. Tout comme vous pourriez devenir une artiste extraordinaire.

– J'en suis une.

– Une véritable.

– J'en suis une.

Gaotona secoua la tête.

– Le tableau de Frava... un détail nous échappe, n'est-ce pas ? Elle a fait examiner la contrefaçon, et les experts ont découvert quelques minuscules erreurs. Je ne les aurais jamais vues sans leur aide, mais elles étaient bien là. À la réflexion, je les trouve étranges. Les coups de pinceau sont impeccables, et même virtuoses. Le style est imité à la perfection. Si vous étiez capable d'atteindre un tel niveau, pourquoi avoir commis des erreurs comme placer la lune trop bas ? C'est une erreur subtile, mais je me rends compte que vous n'en auriez jamais commis une semblable - à moins de l'avoir fait exprès.

Shai se retourna pour s'emparer d'un autre sceau.

– Le tableau qu'ils prennent pour l'original, poursuivit Gaotona, celui qui est accroché dans le bureau de Frava en ce moment même… C'est un faux lui aussi, n'est-ce pas ?

– Oui, admit Shai en soupirant. J'ai échangé les tableaux quelques jours avant d'essayer de voler le sceptre ; je mettais la sécurité du palais à l'épreuve. Je me suis infiltrée dans la galerie, je suis entrée dans le bureau de Frava et j'ai procédé à l'échange pour faire un test.

– Donc celui qu'ils croient faux doit être l'original, conclut Gaotona en souriant. Vous avez peint ces erreurs par-dessus l'original pour faire croire à une copie.

– Eh bien non, en fait, répondit Shai. Même s'il m'est déjà arrivé de recourir à cette ruse. Tous deux sont des contrefaçons. Simplement, l'un des deux l'est de manière évidente, placé là pour qu'on le découvre si jamais quelque chose tournait mal.

– Donc l'original est toujours caché quelque part…, dit Gaotona, visiblement curieux. Vous vous êtes infiltrée dans le palais pour vous renseigner sur la sécurité, puis vous avez remplacé le tableau original par une copie. Vous en avez laissé une seconde, légèrement moins réussie, dans votre chambre en guise de fausse piste. Si l'on vous surprenait pendant que vous entriez - ou si, pour une raison ou pour une autre, un allié vous trahissait –, nous allions fouiller votre chambre, trouver la mauvaise copie et supposer que vous n'aviez pas procédé à l'échange.

Les officiers emporteraient la bonne copie en la croyant authentique. Ainsi, personne ne continuerait à chercher l'original.

– Plus ou moins.

– C'est très malin ! s'exclama Gaotona. Si vous vous étiez fait prendre en train de vous infiltrer dans le palais et de dérober le sceptre, vous auriez pu confirmer que vous tentiez seulement de voler le tableau. En fouillant votre chambre, on aurait découvert le faux, et on vous aurait accusée de tentative de vol du bien d'autrui, Frava en l'occurrence, ce qui est un crime nettement moins grave que de tenter de voler une relique impériale. Vous auriez écopé de dix ans de travaux forcés au lieu d'une condamnation à mort.

– Malheureusement, dit Shai, on m'a trahie au mauvais moment. Le Fou s'est arrangé pour que je me fasse arrêter après avoir quitté la galerie avec le sceptre.

– Mais qu'est devenu le tableau original ? Où l'avez-vous caché ? (Il hésita.) Il se trouve toujours dans le palais, n'est-ce pas ?

– D'une certaine façon.

Gaotona la regarda sans cesser de sourire.

– Je l'ai brûlé, répondit Shai.

Le sourire s'évanouit aussitôt.

– Vous mentez.

– Pas cette fois, vieil homme. Le tableau ne méritait pas que je coure le risque de lui faire quitter la galerie. Je n'ai procédé à cet échange que pour tester la sécurité. J'ai fait entrer le faux sans aucun mal ; on ne fouille pas les gens quand ils entrent, uniquement quand ils sortent. C'était le sceptre, mon véritable objectif. Le vol du tableau était secondaire. Après l'avoir remplacé, j'ai jeté l'original dans une des cheminées de la galerie principale.

– C'est horrible ! se récria Gaotona. C'était un original de ShuXen, son chef-d'œuvre ! Il est devenu aveugle et il ne peut plus peindre. Vous rendez-vous compte du coût…, cracha-t-il. Je ne comprends pas. Pourquoi, pourquoi avez-vous fait une chose pareille ?

– Peu importe. Personne ne saura ce que j'ai fait. Puisqu'ils continueront à regarder le faux et à être satisfaits, aucun mal n'a été commis.

– Ce tableau était une œuvre d'art inestimable ! (Gaotona lui lança un regard noir.) Vous avez procédé à cet échange par orgueil, rien de plus. Vous ne comptiez pas vendre l'original. Vous vouliez simplement voir votre copie accrochée dans la galerie. Vous avez détruit quelque chose de magnifique pour pouvoir vous élever !

Elle haussa les épaules. Ce n'était pas là toute l'histoire, mais il demeurait qu'elle avait effectivement brûlé le tableau. Elle avait ses raisons.

– Nous en avons fini pour aujourd'hui, déclara Gaotona, le visage rouge. (Il agita la main vers elle en un geste dédaigneux tandis qu'il se levait.) Moi qui commençais à penser... Bah !

Il franchit la porte d'un pas raide.

## Quarante-deuxième jour

Chaque personne était pareille à un puzzle. C'était ainsi que Tao, son premier formateur en Falsification, lui avait expliqué les choses. Un Faussaire n'était pas un simple arnaqueur ou escroc. C'était un artiste qui peignait à l'aide de la perception humaine.

N'importe quel gosse des rues crasseux pouvait arnaquer quelqu'un. Un Faussaire visait des objectifs plus élevés. Les arnaqueurs ordinaires travaillaient en masquant les yeux de quelqu'un, puis en prenant la fuite avant que le pigeon ne comprenne. Un Faussaire devait créer quelque chose de si parfait, de si beau, de si vrai que ses victimes ne se doutaient jamais de rien.

Chaque individu était semblable à un épais fourré, envahi par un enchevêtrement sinueux de plantes grimpantes, de mauvaises herbes, de broussailles, de jeunes arbres et de fleurs. Aucune personne n'était une émotion unique ; aucune ne possédait un seul désir. Toutes en possédaient beaucoup, et ces désirs s'affrontaient comme deux rosiers se disputant un même carré de terrain.

*Respecte les gens auxquels tu mens,* lui avait appris Tao. *Si tu les voles assez longtemps, tu commenceras à les comprendre.*

Shai façonnait un livre tandis qu'elle travaillait, un récit authentique de la vie de l'empereur Ashravan. Il deviendrait un document plus véridique que ceux que ses scribes avaient rédigés pour le glorifier, plus véridique même que celui rédigé de sa propre main. Shai assemblait lentement les pièces du puzzle, se faufilant dans le fourré qui avait été l'esprit d'Ashravan.

Il avait effectivement été un idéaliste, comme l'affirmait Gaotona. Elle le percevait à présent dans l'inquiétude prudente de ses premiers écrits ainsi que dans la façon dont il traitait ses serviteurs. L'empire n'était pas quelque chose d'affreux. Ni quelque chose de formidable. L'empire était, tout simplement. Les gens subissaient son autorité parce qu'ils s'accommodaient de ses petites tyrannies. La corruption était inévitable. On vivait avec. Ou alors il fallait accepter le chaos de l'inconnu.

Les Éminents étaient traités avec un favoritisme extrême. Entrer au service du gouvernement, le plus lucratif et prestigieux des métiers, reposait davantage sur des pots-de-vin et des réseaux que sur des talents ou des aptitudes. Par ailleurs, certains de ceux qui servaient le mieux l'empire - commerçants et ouvriers - se voyaient systématiquement voler par mille mains fouillant leurs poches.

Tout le monde savait ces choses-là. Ashravan avait voulu les changer. Au début.

Ensuite... Eh bien, il n'y avait pas d'ensuite particulier. Les poètes désignaient un unique défaut du caractère d'Ashravan qui l'avait conduit à l'échec, mais une personne n'était pas davantage un seul défaut qu'elle n'était une seule passion. Si Shai fondait son Falsificat sur un attribut unique, elle allait créer une parodie, pas un homme.

Toutefois... était-ce le mieux qu'elle pût espérer ? Peut-être ferait-elle mieux de rechercher l'authenticité dans un unique trait bien précis, et de créer un empereur capable de se comporter correctement à la cour sans être en mesure pour autant de tromper ses proches. Peut-être que ça ferait l'affaire, comme les accessoires d'un théâtre. Ils jouaient leur rôle tant que la pièce se déroulait, mais ne résistaient pas à une inspection poussée.

C'était là un but facile à atteindre. Peut-être aurait-elle intérêt à aller trouver les arbitres, à leur expliquer ce qui était possible et à leur donner un empereur moins sophistiqué - un pantin qu'ils pourraient montrer lors de cérémonies officielles, puis faire disparaître en expliquant qu'il était malade.

Elle aurait pu le faire.

Mais elle s'aperçut qu'elle ne le voulait pas.

Le défi n'était pas là. C'était l'équivalent d'une arnaque de voleur des rues, destinée à ramasser des gains à court terme. La méthode du Faussaire consistait à créer quelque chose de durable.

Au plus profond d'elle-même, le défi la grisait. Elle s'aperçut qu'elle voulait faire vivre Ashravan. Essayer, du moins.

Shai se rallongea sur son lit, qu'elle avait falsifié pour le rendre plus confortable, avec des colonnes et un édredon épais. Elle gardait les rideaux tirés. Ses gardes du soir disputaient une partie de cartes à sa table.

*Pourquoi tiens-tu tellement à faire vivre Ashravan ?* se demanda Shai. *Les arbitres te tueront avant que tu puisses seulement vérifier si ça marche. L'évasion devrait être ton seul but.*

Et cependant… l'empereur en personne. Elle avait choisi de voler le Sceptre de Lune parce que c'était l'objet le plus célèbre de l'empire. Elle avait voulu qu'une de ses œuvres fût exposée dans la grandiose Galerie Impériale.

Mais cette tâche sur laquelle elle travaillait à présent… c'était quelque chose de bien plus grand. Quel Faussaire avait accompli un tel exploit ? Un Falsificat occupant le Trône de la Rose lui-même ?

*Non,* se dit-elle, avec plus d'insistance cette fois. *Ne te laisse pas prendre au piège. L'orgueil, Shai. Ne te laisse pas diriger par lui.*

Elle ouvrit son livre aux dernières pages, où elle avait caché ses projets d'évasion en les cryptant au moyen d'un code afin de les faire passer pour un dictionnaire de termes et d'individus.

Le Marque-sang avait accouru l'autre jour comme s'il craignait d'arriver trop tard pour renouveler son sceau. Ses vêtements dégageaient une odeur d'alcool. Il profitait de l'hospitalité du palais. Si elle parvenait à le faire arriver tôt un matin, puis s'assurait qu'il se saoule doublement ce soir-là…

Les montagnes des Cogneurs possédaient une frontière commune avec Dzhamar, où se situaient les marais des Marque-sang. Leur haine mutuelle était profonde, peut-être plus encore que leur fidélité à l'empire. Plusieurs des Cogneurs en particulier avaient semblé révoltés par l'arrivée du Marque-sang. Shai avait commencé à se lier d'amitié avec ces gardes. Des blagues en passant. Des références à une similitude fortuite entre son passé et le leur. Les Cogneurs n'étaient pas censés lui parler, mais il s'était écoulé des semaines sans que Shai fasse davantage que parcourir des livres et bavarder avec de vieux arbitres. Les gardes s'ennuyaient, et l'ennui rendait les gens faciles à manipuler.

Shai avait accès à une grande quantité de spirilithe, et elle allait s'en servir. Cependant, les méthodes les plus élémentaires étaient souvent les plus utiles. Les gens s'attendaient toujours qu'un Faussaire utilise des sceaux pour tout. Les Éminents racontaient des histoires de sombre sorcellerie, de Faussaires plaçant des sceaux sur les pieds des gens pendant leur sommeil pour changer leur personnalité. Pour les envahir en violant leur esprit.

En réalité, les spiritampes étaient souvent le dernier recours d'un Faussaire. Ils étaient trop repérables. *Même si, à cet instant, je donnerais ma main droite pour disposer de mes Marques Primordiales…*

Elle était presque tentée d'essayer de tailler une nouvelle Marque qu'elle utiliserait pour s'enfuir. Mais ils s'y attendraient, et elle aurait le plus grand mal à mettre en œuvre les centaines de tests nécessaires pour en faire fonctionner une. Si elle la testait sur son propre bras, les gardes le signaleraient, et si elle la testait sur Gaotona, elle ne fonctionnerait jamais.

Sans compter qu'utiliser une Marque Primordiale qu'elle n'avait pas testée… eh bien, ça pouvait atrocement mal tourner. Non, ses projets d'évasion utiliseraient des spiritampes, mais reposeraient sur des méthodes de subterfuge plus traditionnelles.

## Cinquante-huitième jour

Shai était prête lorsque Frava lui rendit sa visite suivante.

L'arbitre s'arrêta sur le pas de la porte, et les gardes sortirent sans objection d'un pas traînant tandis que le capitaine Zu prenait leur place.

— Vous n'avez pas chômé, commenta Frava.

Shai leva les yeux de ses recherches. Frava ne faisait pas allusion à ses progrès, mais à la pièce. Tout récemment, Shai avait amélioré le sol. Ça n'avait pas été difficile. La roche utilisée pour bâtir le palais - la carrière, les dates, les tailleurs de pierre - tout ça apparaissait dans les documents officiels.

— Ça vous plaît ? demanda Shai. Le marbre va bien avec la cheminée, je trouve.

Frava fit volte-face, puis cligna des yeux.

— Une cheminée ? Où avez-vous… Est-ce que cette pièce est plus grande qu'avant ?

— La réserve d'à côté n'était pas utilisée, marmonna Shai en revenant à son livre. Et la séparation entre ces deux pièces était récente, elle n'a été construite qu'il y a quelques années. J'ai réécrit la construction de sorte que cette pièce ait été bâtie comme la plus spacieuse des deux, et de sorte qu'on ait installé une cheminée.

Frava sembla abasourdie.

– Je n'aurais pas cru… (Elle se tourna vers Shai, et son visage adopta son masque de sévérité habituel.) J'ai du mal à croire que vous preniez votre tâche au sérieux, Faussaire. Vous êtes ici pour recréer un empereur, pas pour remodeler le palais.

– Tailler des spirilithes me détend, rétorqua Shai. Comme le fait d'avoir un espace de travail qui ne ressemble pas à un placard. Vous aurez votre âme d'empereur à temps, Frava.

L'arbitre traversa la pièce d'un pas raide pour aller inspecter le bureau.

– Dans ce cas, vous avez commencé le spiritampe de l'empereur ?

– J'en ai commencé beaucoup, répondit Shai. Ce sera un processus complexe. J'ai testé plus de cent tampons sur Gaotona…

– L'Arbitre Gaotona.

– … sur le vieil homme. Chacun ne représente qu'un minuscule fragment du puzzle. Une fois que toutes les pièces fonctionneront, je les retaillerai en gravures plus petites, plus délicates. Ce qui me permettra de combiner une douzaine de tampons d'essai en un tampon final.

— Mais vous dites en avoir testé plus de cent, s'étonna Frava, songeuse. Vous n'en utiliserez que douze au bout du compte ?

Shai éclata de rire.

— Douze ? Pour falsifier une âme entière ? Certainement pas. Le tampon final, celui dont vous aurez besoin pour l'utiliser sur l'empereur chaque matin, sera pareil à… une esse, ou une clé de voûte. Ce sera le seul qu'il sera nécessaire de placer sur sa peau, mais il reliera un ensemble de centaines d'autres tampons.

Shai tendit la main pour prendre son carnet de notes, qui comportait les croquis initiaux des tampons finaux.

— Je choisirai ceux-ci et je les imprimerai sur une plaque métallique, puis je la relierai au tampon que vous placerez sur Ashravan chaque jour. Il faudra qu'il garde la plaque près de lui en permanence.

— Il devra garder une plaque métallique avec lui, se récria sèchement Frava, et il faudra le tamponner chaque jour ? Voilà qui risque de l'empêcher de mener une vie normale, vous ne croyez pas ?

— Être empereur empêche quiconque de mener une vie normale, me semble-t-il. Vous y arriverez. L'usage veut que la plaque soit conçue comme un ornement. Un grand médaillon, par exemple, ou un brassard aux côtés carrés. Si vous observez mes propres Marques Primordiales, vous constaterez qu'elles ont été conçues de la même façon et que la boîte contient une plaque pour chacune. (Shai hésita.) Cela dit, je n'ai encore jamais fait exactement ce que je m'apprête à faire ; ni moi, ni personne. Il y a des chances… assez élevées, je dirais… que le cerveau de l'empereur absorbe les informations. Comme si… comme si vous traciez exactement la même image sur une pile de papiers chaque jour pendant un an. Au bout du compte, les couches inférieures contiendront l'image elles aussi. Peut-être qu'après plusieurs années passées à se faire tamponner il n'aura plus besoin de ce traitement.

– Je continue à trouver ça monstrueux.

– Pire que d'être mort ?

Frava posa la main sur le carnet de notes et de croquis à demi finis de Shai. Puis elle s'en empara.

– Je vais demander à nos scribes de recopier ceci.

Shai se leva.

– J'en ai besoin.

– Je n'en doute pas. C'est précisément pour cette raison que nous devons le copier, au cas où.

– Ça vous prendra trop longtemps.

– Je vous le rendrai demain, répondit Frava sur un ton léger tout en s'éloignant.

Shai voulut l'arrêter et le capitaine Zu s'approcha d'elle, l'épée déjà à moitié dégainée.

Frava se tourna vers lui.

— Allons, allons, capitaine. Ce ne sera pas nécessaire. La Faussaire cherche à protéger son travail. C'est une bonne chose. Ça montre qu'elle s'y investit.

Shai et Zu échangèrent un long regard appuyé. *Il veut ma mort,* se dit Shai. *Sérieusement.* Elle en avait acquis la certitude. Son devoir consistait à garder le palais, un devoir que Shai avait mis à mal en procédant au vol. Ce n'était pas Zu qui l'avait capturée, mais le Fou Impérial qui l'avait livrée. Parce qu'il se sentait menacé par cet échec, Zu voulait supprimer Shai à titre de châtiment.

Shai finit par détourner le regard. Cette idée lui coûtait, mais il fallait qu'elle joue la soumission dans cette interaction.

— Soyez prudente, dit-elle à Frava. Ne les laissez pas perdre ne serait-ce qu'une page.

— Je le protégerai comme si… comme si la vie de l'empereur en dépendait. (Frava trouva sa plaisanterie amusante et adressa à Shai un de ses rares sourires.) Avez-vous réfléchi à l'autre sujet dont nous avons parlé ?

— Oui.

— Et ?

— Oui.

Le sourire de Frava s'élargit.

— Nous reparlerons rapidement.

Frava sortit avec le carnet, qui contenait près de deux mois de travail. Shai savait exactement ce que mijotait cette femme. Frava n'allait pas le faire recopier – elle allait le montrer à son autre Faussaire afin de voir si le travail avait assez avancé pour qu'il le finisse.

S'il décidait que oui, Shai serait exécutée, discrètement, avant que les autres arbitres puissent protester. Zu s'en chargerait sans doute lui-même. Tout pouvait s'arrêter là.

## Cinquante-neuvième jour

Shai dormit mal cette nuit-là.

Elle était certaine de s'être montrée méthodique dans ses préparatifs. Et cependant, voilà qu'elle devait attendre avec une épée de Damoclès suspendue au-dessus de la tête. Ce qui la rendait nerveuse. Et si elle avait mal interprété la situation ?

Elle avait rendu les notes de son carnet volontairement opaques, chacune indiquant de manière subtile à quel point le projet était énorme. L'écriture en pattes de mouche, les renvois innombrables, les listes interminables d'étapes à ne pas oublier… Chacune d'entre elles, associée à cet épais carnet, suggérerait l'ahurissante complexité de son travail.

C'était une falsification. L'un des types les plus difficiles : de celles qui n'imitaient pas une personne ou un objet bien précis. C'était une falsification de tonalité.

*Gardez vos distances,* disait le ton de ce carnet. *Vous ne devez pas essayer de terminer tout ça. Vous devez laisser Shai continuer à s'occuper des parties les plus complexes, car le travail nécessaire pour le faire vous-même serait énorme. Et... si vous échouez... c'est votre tête qui finira sur le billot.*

Ce carnet était l'une des falsifications les plus subtiles qu'elle eût jamais créées. Chaque mot qu'il contenait était tout autant une vérité qu'un mensonge. Seul un Faussaire virtuose pourrait le percer à jour, remarquer le mal qu'elle se donnait pour illustrer les dangers et difficultés du projet.

Le Faussaire de Frava était-il très doué ?

Shai serait-elle morte avant l'aube ?

Elle ne dormit pas. Elle en avait envie et elle aurait dû. Regarder s'écouler les heures, les minutes et les secondes était atroce. Mais l'idée d'être endormie quand ils viendraient la chercher... c'était bien pire.

Elle finit par se lever pour aller chercher quelques récits de la vie d'Ashravan. Les gardes qui jouaient aux cartes à sa table lui lancèrent un regard furtif. L'un d'eux lui adressa même un hochement de tête compatissant en voyant ses yeux rouges et sa posture fatiguée.

– La lumière est trop vive ? demanda-t-il en désignant la lampe.

– Non, répondit Shai. Ce n'est qu'une idée qui me tourne dans la tête et refuse de s'en aller.

Elle passa la nuit au lit à se plonger dans la vie d'Ashravan. Frustrée de ne pas disposer de ses notes, elle sortit une page vierge et en démarra de nouvelles qu'elle ajouterait à son carnet quand on le lui rendrait. Si on le lui rendait jamais.

Elle avait le sentiment de comprendre enfin pourquoi Ashravan avait perdu son enthousiasme juvénile. Du moins, elle connaissait les facteurs qui s'étaient combinés pour le conduire sur cette voie. La corruption en faisait partie, mais ce n'était pas l'essentiel. Là encore, l'absence de confiance en lui y avait joué un rôle, sans être pour autant le facteur décisif.

Non, ce qui avait provoqué la chute d'Ashravan, c'était la vie elle-même. La vie dans le palais, dans un empire réglé comme une horloge. Tout fonctionnait. Oh, pas aussi bien que ça aurait pu. Mais ça fonctionnait bel et bien.

Il fallait de gros efforts pour aller à l'encontre de ces choses-là, et l'effort était une qualité exigeante. Il avait vécu une vie de loisir. Ashravan n'était pas paresseux, mais il n'était pas nécessaire de l'être pour se retrouver absorbé par le fonctionnement de la bureaucratie impériale – de se dire que, le mois prochain, on irait exiger des changements. Au fil du temps, il était de plus en plus facile de se laisser porter par le courant du grand fleuve qu'était l'Empire de la Rose.

Au bout du compte, il était devenu complaisant. Il s'était concentré davantage sur la beauté de son palais que sur la vie de ses sujets. Il avait laissé les arbitres s'occuper de tâches gouvernementales de plus en plus nombreuses.

Shai soupira. Même cette description de lui était trop simpliste. Elle omettait de mentionner qui avait été l'empereur, et qui il était devenu. Une chronologie d'événements ne parlait pas de son caractère, de son sens du débat, de son goût pour la beauté, ni de son habitude de rédiger de la poésie vraiment atroce puis d'attendre que tous ceux qui le servaient lui disent à quel point elle était formidable.

Elle n'en disait pas davantage sur son arrogance, ni sur son désir secret d'avoir été autre chose. C'était pour cette raison qu'il était constamment revenu à ce journal. Peut-être cherchait-il cet embranchement de sa vie où il avait pris le mauvais chemin.

Il ne comprenait pas qu'il existait rarement d'alternative évidente dans la vie d'une personne. Les gens changeaient lentement, avec le temps. On ne faisait pas simplement un pas pour se retrouver dans un endroit totalement nouveau. On s'écartait d'abord du chemin d'un pas minuscule pour éviter des pierres. Pendant un moment, on longeait ce chemin, mais ensuite on s'en éloignait légèrement pour marcher sur un terrain moins dur. Puis on cessait d'y prêter attention tandis qu'on s'en éloignait de plus en plus. Enfin, on se retrouvait dans la mauvaise ville, à se demander pourquoi les panneaux bordant la route ne nous avaient pas mieux guidés.

La porte de sa chambre s'ouvrit.

Shai se redressa brusquement dans son lit et faillit lâcher ses notes. Ils venaient la chercher.

Mais… non, c'était déjà le matin. La lumière s'infiltrait par le vitrail, et les gardes étaient en train de se lever et de s'étirer. C'était le Marque-sang qui avait ouvert la porte. Il semblait de nouveau avoir la gueule de bois, et il tenait à la main une pile de papiers, comme souvent.

*Il arrive tôt, ce matin,* se dit Shai en consultant sa montre. *Pourquoi donc, alors qu'il est si souvent en retard ?*

Le Marque-sang entailla Shai et tamponna la porte sans un mot, ce qui fit s'enflammer la douleur dans son bras. Il quitta précipitamment la pièce, comme s'il était en route pour un rendez-vous. Shai le suivit des yeux, puis secoua la tête.

L'instant d'après, la porte se rouvrit et Frava entra.

– Ah, vous êtes debout ! s'écria-t-elle tandis que les Cogneurs la saluaient. (Elle posa lourdement le carnet de Shai sur la table. Elle semblait contrariée.) Les scribes en ont fini. Remettez-vous au travail.

Frava sortit d'un air affairé. Shai s'adossa à ses oreillers, soupirant de soulagement. Sa ruse avait fonctionné. Ce qui devrait lui permettre de gagner quelques semaines.

## Soixante-dixième jour

– Donc ce symbole, dit Gaotona, qui montra l'un des croquis de Shai représentant l'un des plus grands tampons qu'elle allait bientôt tailler, est une indication de temps, qui désigne un moment précis… il y a sept ans ?

– Oui, répondit Shai en époussetant l'extrémité d'un spiritampe fraîchement taillé. Vous apprenez vite.

– Je subis une opération chirurgicale chaque matin, pour ainsi dire. Je suis plus à l'aise quand je sais quel genre de couteau on utilise.

– Les changements ne sont…

– Ne sont pas permanents. Oui, c'est ce que vous me répétez constamment. (Il tendit le bras pour qu'elle le tamponne.) Cependant, je m'interroge. On peut inciser le corps, et il guérira – mais quand on le fait à répétition au même endroit, il reste forcément une cicatrice. L'âme ne doit pas être très différente.

Shai lui tamponna le bras.

– Au détail près, bien sûr, qu'elle est totalement différente.

Il ne lui avait jamais totalement pardonné d'avoir brûlé le chef-d'œuvre de ShuXen. Elle le lisait en lui lors de leurs interactions. Il n'était plus simplement déçu par elle, il était en colère.

Mais la colère s'estompait avec le temps, et ils avaient retrouvé une relation de travail fonctionnelle.

Gaotona inclina la tête.

– Je... Alors ça, c'est curieux.

– Dans quel sens ? demanda Shai, qui regardait défiler les secondes sur sa montre.

– Je me rappelle m'être encouragé moi-même à devenir empereur. Et... je m'en veux. Pour... Mère des lumières, était-ce vraiment ainsi qu'il me voyait ?

Le sceau resta en place cinquante-sept secondes. C'était suffisant.

– Oui, répondit-elle tandis que le sceau s'effaçait. Je crois que c'est exactement comme ça qu'il vous voyait.

Elle éprouva un frisson. Enfin, ce sceau fonctionnait !

Elle approchait du but à présent. De la compréhension de l'empereur, de l'achèvement du puzzle. Chaque fois qu'elle approchait de la fin d'un projet - un tableau, la Falsification d'une âme à grande échelle, une sculpture -, il arrivait un stade du processus où elle voyait l'œuvre entière, quand bien même elle était loin d'être aboutie. Quand ce moment survenait, l'œuvre était finie ; la terminer réellement était presque une formalité.

Elle avait presque atteint ce stade avec ce projet. L'âme de l'empereur se déployait sous ses yeux, excepté quelques derniers coins d'ombre. Elle voulait aller jusqu'au bout ; elle mourait d'envie de découvrir si elle était capable de le faire revivre. Après avoir tellement lu de témoignages sur lui, après avoir acquis le sentiment de le connaître si bien, elle devait aller jusqu'au bout.

Son évasion pouvait tout de même attendre jusque-là.

– C'était ça, n'est-ce pas ? Le tampon que vous avez testé une douzaine de fois sans succès, le sceau qui représentait la raison pour laquelle il s'était proposé pour devenir empereur ?

– Oui, répondit Shai.

– Sa relation avec moi, ajouta Gaotona. Vous avez fait découler sa décision de notre relation et... du sentiment de honte qu'il éprouvait en parlant avec moi.

– Oui.

– Et ça a pris.

– Oui.

Gaotona s'adossa au siège.

– Mère des lumières..., murmura-t-il de nouveau.

Shai reprit le sceau et le plaça avec ceux qu'elle avait jugés fonctionnels.

Au fil des dernières semaines, chacun des autres arbitres était, comme Frava, venu trouver Shai pour lui promettre la lune si elle acceptait de leur donner un contrôle absolu sur l'empereur. Seul Gaotona n'avait jamais tenté de la soudoyer. Un homme sincère, et l'un des plus haut placés du gouvernement impérial, rien de moins. Remarquable. Se servir de lui allait se révéler bien plus difficile qu'elle ne l'aurait voulu.

– Je dois vous dire une fois encore, reprit-elle en se tournant vers lui, que vous m'avez impressionnée. Je ne crois pas que beaucoup d'Éminents auraient pris le temps d'étudier les spiritampes. Ils auraient plutôt fui ce qu'ils considéraient comme maléfique sans jamais chercher à le comprendre. Avez-vous changé d'avis ?

– Non, répondit Gaotona. J'estime toujours que ce que vous faites est, sinon maléfique, du moins résolument contre nature. Et cependant, qui suis-je pour vous le reprocher ? Je compte sur vous pour nous maintenir à la tête de l'empire à travers cet art que nous sommes si prompts à qualifier d'abomination. Notre soif de pouvoir l'emporte sur notre conscience.

– C'est vrai pour les autres, observa Shai, mais ce n'est pas votre motivation personnelle.

Il la regarda en haussant les sourcils.

– Vous voulez tout bonnement retrouver Ashravan, poursuivit-elle. Vous refusez d'accepter que vous l'avez perdu. Vous l'aimiez comme un fils – le jeune homme dont vous aviez été le mentor, l'empereur en qui vous aviez toujours cru, même lorsqu'il ne croyait pas en lui-même.

Gaotona, gêné, détourna le regard.

– Ce ne sera pas lui, dit Shai. Même si je réussis, ce ne sera pas vraiment lui. Vous le comprenez bien, évidemment.

Il hocha la tête.

– Mais d'un autre côté... parfois, un Falsificat réussi vaut presque l'original, ajouta-t-elle. Vous faites partie de la Faction de l'Héritage. Vous vous entourez de reliques qui ne sont pas authentiques, de tableaux qui sont des imitations d'œuvres disparues depuis longtemps. J'imagine qu'avoir une fausse relique en guise d'empereur ne sera pas si différent. Et vous... vous voulez simplement savoir que vous avez fait tout ce que vous pouviez. Pour lui.

– Comment faites-vous ça ? demanda doucement Gaotona. J'ai vu la façon dont vous parlez avec les gardes, dont vous apprenez même le nom des serviteurs. Vous semblez connaître leur vie de famille, leurs passions, ce qu'ils font de leurs soirées... et pourtant vous passez chaque jour enfermée dans cette pièce. Vous ne l'avez pas quittée depuis des mois. Comment savez-vous ces choses-là ?

— Les gens, par nature, expliqua Shai en se levant pour aller chercher un autre sceau, tentent de soumettre ce qui les entoure. Nous bâtissons des murs pour nous abriter du vent, des toits pour arrêter la pluie. Nous apprivoisons les éléments, plions la nature à notre volonté. Ça nous donne l'impression de tout contrôler.

« Sauf que nous ne faisons que remplacer une influence par une autre. Au lieu que ce soit le vent qui nous affecte, c'est un mur. Un mur créé par l'homme. Les doigts de l'influence de l'homme sont partout, ils touchent tout ce qui nous environne. Des tapis tissés par l'homme, de la nourriture préparée par lui. Absolument tout ce que nous touchons, voyons, sentons, vivons dans la ville est le résultat de l'influence d'un individu.

« Nous avons peut-être le sentiment de tout contrôler, mais ce n'est jamais réellement le cas tant que nous ne comprenons pas les gens. Contrôler notre environnement ne consiste plus à faire obstacle au vent mais à savoir pourquoi la servante pleurait hier soir, pourquoi tel garde perd toujours aux cartes. Pourquoi votre employeur vous a engagé en premier lieu.

Gaotona la regarda s'asseoir et brandir un sceau. Il lui tendit le bras, hésitant.

— Je me rends compte, déclara-t-il, que malgré le soin extrême que nous prenions à ne pas vous sous-estimer, c'est exactement ce que nous avons fait.

– Parfait, rétorqua-t-elle. Vous m'avez donc écoutée. (Elle le tamponna.) Maintenant, dites-moi pourquoi au juste vous détestez le poisson ?

## Soixante-seizième jour

*Il faut que je le fasse,* se dit Shai tandis que le Marque-sang lui entaillait le bras. *Aujourd'hui. Je pourrais partir aujourd'hui.*

Elle cachait dans son autre manche un bout de papier destiné à imiter ceux que le Marque-sang apportait souvent avec lui les matins où il arrivait de bonne heure.

Deux jours plus tôt, elle avait entrevu un cachet de cire sur l'un d'eux. C'étaient des lettres. Soudain, elle avait compris. Elle se trompait sur cet homme depuis le début.

– Bonnes nouvelles ? lui demanda-t-elle tandis qu'il encrait le tampon à l'aide de son sang.

L'homme aux lèvres blanches lui lança un regard mauvais.

– Elles viennent de chez vous, poursuivit Shai. La femme à laquelle vous écrivez, à Dzhamar. Elle vous a envoyé une lettre aujourd'hui ? Le courrier arrive le matin, au palais. On frappe à votre porte, on vous remet une lettre… (*Et ça vous réveille,* ajouta-t-elle mentalement. *C'est pour ça que vous êtes à l'heure ces jours-là.*) Elle doit beaucoup vous manquer pour que vous ne supportiez pas de laisser sa lettre dans votre chambre.

L'homme baissa le bras et saisit Shai par le devant de sa chemise.

– Laissez-la tranquille, sorcière, siffla-t-il. Vous... Laissez-la tranquille ! Tenez-la à l'écart de vos ruses et de vos sortilèges !

Il était plus jeune qu'elle ne l'avait cru. C'était une erreur fréquente avec les Dzhamariens. Leur peau et leurs cheveux blancs les faisaient paraître sans âge aux yeux des étrangers. Shai aurait dû s'en douter. Il n'était guère plus qu'un jeune homme.

Elle pinça les lèvres.

– Vous parlez de mes ruses alors que vous tenez dans vos mains un sceau encré avec mon sang ? C'est vous qui menacez d'envoyer des squelettoïdes à ma poursuite, mon ami. Tout ce que je sais faire, c'est embellir une table ou deux.

– Ne... je... Ah !

Le jeune homme leva les mains au ciel avant de tamponner la porte.

Les gardes observèrent la scène avec un amusement et une désapprobation empreints de nonchalance. Les mots de Shai avaient été calculés de manière à lui rappeler qu'elle était inoffensive et que le Marque-sang était la véritable abomination. Les gardes avaient passé près de trois mois à la regarder jouer l'érudite amicale tandis que cet homme lui prenait son sang et s'en servait à des fins mystérieuses et innommables.

*Il faut que je laisse tomber ce papier,* se dit-elle en baissant sa manche avec l'intention de le laisser s'échapper quand les gardes auraient le dos tourné. Ce qui mettrait en marche son plan, son évasion…

*Le vrai Falsificat n'est pas encore terminé. L'âme de l'empereur.*

Elle hésita. Comme une idiote, elle hésita.

La porte se referma.

L'opportunité s'éloigna.

Engourdie, Shai s'approcha de son lit et s'assit sur le bord, la lettre falsifiée toujours cachée dans sa manche. Pourquoi avait-elle hésité ? Son instinct de conservation était-il donc si faible ?

*Je peux attendre encore un peu,* se dit-elle. *Jusqu'à ce que la Marque Primordiale d'Ashravan soit finie.*

Elle se répétait ça depuis des jours à présent. Des semaines, même. Chaque jour la rapprochant de la date limite fournissait à Frava une nouvelle occasion de frapper. L'arbitre revint sous un nouveau prétexte pour prendre les notes de Shai et les faire inspecter. Ils approchaient rapidement du stade où l'autre Faussaire n'aurait plus grand-chose à démêler pour achever le travail de Shai.

Du moins le croirait-il. Plus elle progressait, plus elle comprenait à quel point ce projet était impossible. Et plus elle brûlait d'envie de le faire fonctionner malgré tout.

Elle sortit son carnet consacré à la vie de l'empereur et se retrouva bientôt en train de parcourir ses jeunes années. L'idée qu'il ne revienne pas à la vie, que tout son travail ne soit qu'une comédie destinée à détourner l'attention pendant qu'elle planifiait son évasion... ces pensées-là étaient physiquement douloureuses.

*Nom des nuits*, se dit-elle. *Tu t'es pris d'affection pour lui. Tu commences à le voir comme le fait Gaotona !* Elle n'aurait pas dû ressentir ça. Elle ne l'avait jamais rencontré. Et puis il était quelqu'un de méprisable.

Mais il ne l'avait pas toujours été. Non, en réalité, il n'était jamais vraiment devenu méprisable. Il avait été plus complexe que ça. Comme l'était chaque individu. Elle le comprenait bien, elle voyait...

– Nom des nuits ! s'exclama-t-elle en se levant pour reposer le carnet.

Elle devait s'éclaircir les idées.

Quand Gaotona lui rendit visite six heures plus tard, Shai était en train d'appliquer un sceau sur le mur du fond. Le vieil homme ouvrit la porte et entra, puis se figea en voyant les couleurs envahir le mur.

Des motifs de plantes grimpantes se déployaient en spirale depuis le sceau de Shai, semblables à des jets de peinture. Vert, ambre, écarlate. Le tableau grandissait comme quelque chose de vivant, des feuilles jaillissaient des branches, des grappes de fruits explosaient en courbes succulentes. Le motif devenait de plus en plus chargé, des finitions dorées surgissaient de nulle part et s'écoulaient tels des ruisseaux, encerclant les feuilles, reflétant la lumière.

La fresque se densifia et chaque centimètre se retrouva imprégné d'une impression de mouvement. Des plantes grimpantes qui se recourbaient, des épines inattendues qui dépassaient de derrière les branches. Avec un soupir d'admiration, Gaotona alla se placer à côté de Shai. Derrière eux, Zu s'avança, et les deux autres gardes sortirent en refermant la porte.

Gaotona tendit la main pour tâter le mur mais, bien entendu, la peinture était sèche. Pour autant que le mur se souvienne, il avait été peint ainsi des années auparavant. Gaotona s'agenouilla, puis étudia les deux sceaux que Shai avait placés à la base de la peinture. Seul le troisième, tamponné au-dessus, avait déclenché la transformation ; les premiers sceaux contenaient des indications quant à la façon dont l'image devait être créée. Des directives, une révision de l'histoire, des instructions.

– Comment avez-vous fait ? demanda Gaotona.

– L'un des Cogneurs était affecté à la surveillance d'Atsuko de Jindo pendant son séjour au Palais de la Rose, répondit Shai. Atsuko a contracté une maladie et a dû garder la chambre pendant trois semaines. Elle se trouvait un étage au-dessus de celle-ci.

– Votre Falsification l'a placé dans cette pièce à la place de l'autre ?

– Oui. C'était avant le dégât des eaux qui a abîmé le plafond l'an dernier, et il est donc plausible qu'on l'ait logé ici. Le mur se rappelle qu'Atsuko est resté claquemuré des jours entiers, trop faible pour repartir, mais assez fort pour peindre. Un peu chaque jour, un motif croissant de plantes grimpantes, de feuilles et de baies. Pour tuer le temps.

– Ça ne devrait pas prendre, objecta Gaotona. Ce Falsificat est fragile. Vous avez modifié trop de choses.

– Non, répondit Shai. Il se trouve sur le fil… là où s'épanouit la plus grande beauté.

Elle rangea le sceau. Elle se rappelait à peine les six dernières heures. Elle les avait passées absorbée par la frénésie de la création.

– Toutefois…, reprit Gaotona.

– Ça prendra, insista Shai. Si vous étiez le mur, que préféreriez-vous être ? Terne et morne, ou éclatant de peinture ?

– Les murs ne pensent pas !

– Ça ne les empêche pas de s'en soucier.

Gaotona secoua la tête, marmonnant une remarque au sujet des superstitions.

– Combien de temps ?

– Pour créer ce spiritampe ? Je le taillais de temps en temps au cours du mois écoulé. C'est la dernière chose que j'aie eu envie de faire pour la chambre.

– L'artiste était jindoais, dit-il. Comme vous appartenez au même peuple, peut-être que... Mais non ! Ça revient à adhérer à vos superstitions.

Gaotona secoua la tête, cherchant à comprendre pourquoi cette peinture avait pris, bien que Shai eût toujours eu la certitude qu'elle fonctionnerait.

– Au fait, les Jindoais et mon peuple ne sont pas identiques, déclara-t-elle avec irritation. Nous étions peut-être apparentés il y a longtemps, mais nous sommes totalement différents d'eux à présent.

Ces Éminents. Simplement parce qu'ils partageaient des traits similaires, les Éminents les supposaient quasiment semblables.

Gaotona étudia la chambre et ses meubles élégants qui avaient été sculptés et polis. Son sol de marbre incrusté d'argent, la cheminée où pétillait un feu joyeux, le petit lustre. Un tapis coûteux – qui avait été autrefois une courtepointe trouée – couvrait le sol. La fenêtre au vitrail scintillait sur le mur de droite, éclairant la splendide peinture murale.

Seule la porte, épaisse mais quelconque, conservait sa forme d'origine. Shai ne pouvait pas la falsifier alors que le Marque-sang y était intégré.

– Vous vous rendez bien compte que vous disposez à présent de la plus belle chambre du palais, dit Gaotona.

Shai renifla.

– J'en doute fort. Celle de l'empereur doit être la plus jolie.

– La plus grande, oui. Pas la plus jolie. (Il s'agenouilla de nouveau près de la peinture et inspecta les sceaux de Shai tout en bas.) Vous avez inclus des explications détaillées quant à la façon dont ce tableau a été peint.

– Pour créer un Falsificat réaliste, il faut posséder l'adresse technique qu'on imite, au moins dans une certaine mesure.

– Donc vous auriez pu peindre ce mur vous-même.

– Je ne dispose pas de la peinture nécessaire.

– Mais vous auriez pu. Vous auriez pu exiger des peintures. Je vous les aurais données. Au lieu de quoi vous avez créé un Falsificat.

– C'est ma nature, répliqua Shai, qu'il recommençait à agacer.

– C'est ce que vous choisissez d'être. Si un mur peut désirer être une fresque, Wan ShaiLu, alors vous pourriez, vous, décider de devenir un grand peintre.

Elle abattit violemment son tampon sur la table, puis prit plusieurs profondes inspirations.

– Vous êtes irritable, poursuivit Gaotona. Comme lui. En fait, je sais exactement quel effet ça fait à présent, car vous me l'avez donné plusieurs fois à ressentir. Je me demande si ce… ce que vous faites pourrait contribuer à rendre les gens plus conscients des autres. Graver ses émotions sur un tampon, puis faire ressentir aux autres ce que c'est d'être vous…

– Ça m'a l'air formidable, lança Shai. Si seulement la Falsification des âmes n'était pas un horrible blasphème envers la nature.

– Si seulement.

– Si vous êtes capable de lire ces tampons, alors vous êtes devenu très doué, déclara Shai, changeant délibérément de sujet. J'en croirais presque que vous avez triché.

– En fait…

Shai dressa l'oreille, chassant sa colère à présent que le gros de l'accès était derrière elle. Que se passait-il ?

L'air penaud, Gaotona plongea la main dans la poche profonde de sa robe et en tira une boîte en bois. Celle où elle conservait ses trésors, les cinq Marques Primordiales. Chacune de ces révisions de son âme pouvait la transformer, en cas de besoin, en une personne qu'elle aurait pu être.

Shai avança d'un pas. Lorsque Gaotona ouvrit la boîte, il apparut toutefois que les tampons ne s'y trouvaient pas.

— Je suis désolé, dit-il. Mais je crois qu'il serait quelque peu... idiot de ma part de vous les donner maintenant. Il semblerait que chacun d'entre eux soit en mesure de vous libérer de votre captivité en un clin d'œil.

— En réalité, seuls deux d'entre eux y parviendraient, rectifia Shai d'un ton acerbe, agitant les doigts.

Ces spiritampes représentaient le travail de plus de huit années de sa vie. Elle les avait commencés le jour même de la fin de son apprentissage.

— Hum, oui, dit Gaotona. (À l'intérieur de la petite boîte reposaient des plaques métalliques sur lesquelles étaient gravés les tampons distincts plus petits qui composaient le plan des révisions de son âme.) Celui-ci, je crois ? (Il lui tendit l'une des plaques.) Shaizan. Ce qui se traduit par... Shai du Poing ? Il ferait de vous une guerrière, si vous deviez vous l'appliquer ?

— Oui, confirma Shai.

Il avait donc étudié ses Marques Primordiales ; c'est ainsi qu'il était devenu si doué pour lire ses tampons.

— Je ne comprends qu'un dixième de ce qui est inscrit ici, voire moins, reprit Gaotona. Ce que j'y découvre est impressionnant. Franchement, il a dû falloir des années pour les fabriquer.

— Ils sont… précieux pour moi, déclara Shai en s'obligeant à s'asseoir à son bureau sans se laisser obnubiler par les plaques.

Si elle parvenait à s'échapper avec celles-là, elle pourrait aisément façonner un nouveau tampon. Ça lui prendrait toujours des semaines, mais la majeure partie de son travail ne serait pas perdue. Cependant, si ces plaques devaient être détruites…

Gaotona s'assit sur sa chaise habituelle et parcourut nonchalamment les plaques. De la part de quelqu'un d'autre, elle aurait senti une menace implicite. *Regardez ce que je tiens dans mes mains ; regardez ce que je pourrais vous faire.* Or de la part de Gaotona, ce n'était pas le cas. Il était sincèrement curieux.

Enfin l'était-il vraiment ? Comme toujours, elle ne parvenait pas à réprimer ses réflexes. Si douée fût-elle, quelqu'un d'autre pouvait se révéler meilleur. Tout comme l'oncle Won l'avait prévenue à ce sujet. Se pouvait-il que Gaotona se fût joué d'elle depuis le début ? Elle avait l'impression tenace de pouvoir se fier à son évaluation de Gaotona. Néanmoins, si elle se trompait, ça pouvait se révéler catastrophique.

*Ça le sera peut-être de toute façon,* se dit-elle. *Il y a déjà des jours que tu aurais dû t'enfuir.*

— Vous transformer en soldat, je peux le comprendre, reprit Gaotona en reposant la plaque. Et celui-ci également. Une forestière survivaliste.

Celui-ci paraît extrêmement versatile. Impressionnant. Et ici, nous avons une érudite. Mais pourquoi donc ? Vous l'êtes déjà.

— Personne ne peut tout connaître, répondit Shai. Le temps qu'on peut consacrer aux études est limité. Quand je me tamponne avec cette Marque Primordiale, je deviens soudain capable de parler une douzaine de langues, du fen au mulla'dil - et même quelques-unes de Sycla. Je connais des dizaines de cultures différentes et la façon d'y évoluer. Je connais la science, les mathématiques, et les principales factions politiques du monde entier.

— Ah ! s'exclama Gaotona.

*Donnez-les-moi et finissons-en,* songea-t-elle.

— Mais celui-ci ? demanda Gaotona. Une mendiante ? Pourquoi voudriez-vous devenir émaciée, et… est-ce que ceci indique que la plupart de vos cheveux tomberaient, que votre peau serait couverte de marques ?

— Ça transforme mon apparence, commenta Shai. De manière radicale. Ça peut être utile.

Elle ne précisa pas que, sous cet aspect, elle connaissait les règles de la rue et de la survie dans les bas-fonds d'une ville. Ses talents pour crocheter les serrures étaient déjà corrects quand elle ne portait pas ce sceau, mais avec, elle était incomparable.

Avec ce tampon sur elle, elle pourrait sans doute réussir à se glisser par cette minuscule fenêtre - cette Marque réécrivait son passé pour lui conférer des années d'expérience en tant que contorsionniste - et descendre les cinq étages vers la liberté.

— J'aurais dû le comprendre, dit Gaotona en levant la dernière plaque. Ne reste donc que celle-ci, la plus déconcertante de toutes.

Shai ne pipa mot.

— Cuisine, énonça-t-il. Travail de la ferme, couture. Une autre identité, je suppose. Pour imiter quelqu'un de plus humble.

— Oui.

Gaotona hocha la tête en reposant la page.

*La franchise. Il doit voir ma franchise. Elle est impossible à feindre.*

— Non, dit Shai en soupirant.

Il la regarda.

— C'est... un moyen de m'échapper, expliqua-t-elle. Je ne m'en servirai jamais. Il est simplement là si jamais j'en ai envie.

— Un moyen de vous échapper ?

— Si jamais je m'en sers, il réécrira mes années de Faussaire. La totalité. J'oublierai comment fabriquer le plus simple des tampons ; j'oublierai même avoir reçu une formation de Faussaire. Je deviendrai une personne ordinaire.

— Et vous le souhaitez ?

— Non.

Une pause.

— Si. Peut-être. Une partie de moi le souhaite.

La franchise. C'était si difficile. Parfois, c'était le seul moyen.

Quelquefois, elle rêvait de cette vie simple. En proie à la même pulsion morbide que quelqu'un qui se tient au bord du vide et se demande comment ce serait de sauter. La tentation est bien présente, si ridicule soit-elle.

Une vie normale. Sans se cacher ni mentir. Elle adorait ce qu'elle faisait. Elle adorait ce frisson, le sentiment d'accomplissement, l'émerveillement. Mais à l'occasion… enfermée dans une cellule de prison ou en train de fuir pour sauver sa peau… elle rêvait d'autre chose.

– Votre oncle et votre tante ? demanda-t-il. Oncle Won, Tante Sol, ils font partie de cette révision. Je l'ai lu ici.

– Ils n'existent pas, murmura Shai.

– Mais vous parlez constamment d'eux.

Elle plissa très fort les yeux.

– Je soupçonne, reprit Gaotona, qu'une vie remplie de mensonges fait s'entremêler réalité et contrevérités. Mais si vous deviez vous servir de ce tampon, vous n'oublieriez tout de même pas tout. Comment protégeriez-vous l'imposture de vous-même ?

– Ce serait la plus grande Falsification de toutes, répondit Shai. Destinée à me duper autant qu'à duper les autres. Elle inclut la croyance selon laquelle je mourrai si je n'applique pas ce tampon chaque matin. Elle inclut un passé fait de maladie, de visites rendues à un… rescelleur, comme vous les appelez. Un guérisseur qui travaillait à l'aide de spiritampes. Auprès d'eux, ma fausse identité a reçu un remède que je dois appliquer chaque matin. Ma tante Sol et mon oncle Won m'enverraient des lettres ; c'est une partie de la mascarade destinée à me duper moi-même. Je les ai déjà écrites. Il y en a des centaines, et - avant d'utiliser la Marque Primordiale sur moi-même - je verserai une belle somme à un service de livraison pour qu'elles me soient envoyées périodiquement.

— Mais si vous cherchez à les voir ? demanda Gaotona. Pour vous renseigner sur votre enfance…

— Tout ça figure sur la plaque. J'aurai peur de voyager. Il y a là-dedans un fond de vérité, puisque j'avais effectivement peur de quitter mon village quand j'étais plus jeune. Une fois que cette Marque sera en place, je me tiendrai à l'écart des villes. Je jugerai le voyage pour rendre visite à mes proches trop dangereux. Mais ça n'a aucune importance. Je ne m'en servirai jamais.

Ce tampon mettrait fin à son existence. Elle oublierait ces vingt dernières années, jusqu'à l'époque de ses huit ans où elle avait commencé à se renseigner sur la vocation de Faussaire.

Elle deviendrait quelqu'un de totalement différent. Aucune des autres Marques Primordiales n'avait cet effet ; elles réécrivaient en partie son passé mais lui laissaient la conscience de sa véritable identité. Pas celle-ci. Elle était définitive. Et elle la terrifiait.

– C'est beaucoup de travail pour quelque chose que vous n'utiliserez jamais, déclara Gaotona.

– Parfois, c'est la vie qui veut ça.

Il secoua la tête.

– J'ai été engagée pour détruire le tableau, lâcha-t-elle soudain.

Elle ignorait au juste ce qui l'avait poussée à le dire. Il lui fallait faire preuve de franchise avec Gaotona - c'était la seule manière de faire fonctionner son plan - mais il n'avait pas besoin de cette information. Enfin, en était-elle bien sûre ?

Gaotona leva les yeux.

– ShuXen m'a engagée pour que je détruise le tableau de Frava, poursuivit Shai. C'est pour cette raison que j'ai brûlé son chef-d'œuvre au lieu de le faire sortir de la galerie.

– ShuXen ? Mais… c'est sa propre création ! Pourquoi vous engagerait-il, lui, pour détruire une de ses œuvres ?

– Parce qu'il déteste l'empire, expliqua Shai. Il a peint cette œuvre pour une femme qu'il aimait. Les enfants de cette femme en ont fait cadeau à l'empire. ShuXen est vieux à présent, aveugle, à peine capable de se déplacer. Il ne voulait pas mourir en sachant qu'une de ses œuvres était utilisée pour glorifier l'Empire de la Rose. Il m'a suppliée de la brûler.

Gaotona sembla frappé de stupeur. Il la regarda comme s'il cherchait à la transpercer pour voir son âme. Shai ignorait pourquoi il prenait cette peine ; cette conversation l'avait déjà entièrement mise à nu.

– Un maître de ce calibre est difficile à imiter, reprit Shai, surtout sans l'original à partir duquel travailler. Si vous y réfléchissez, vous vous rendrez compte que j'avais besoin de son aide pour créer ces copies. Il m'a donné accès à ses études et à ses concepts ; il m'a montré comment il s'y était pris pour le peindre. Il m'a enseigné les coups de pinceau.

– Pourquoi ne pas lui avoir simplement rendu l'original ? demanda Gaotona.

– Il est mourant. Posséder quelque chose ne signifie plus rien pour lui. Ce tableau a été peint pour une femme qu'il aimait. Elle n'est plus là désormais, et il estimait donc que le tableau devait disparaître à son tour.

– Un trésor inestimable, dit Gaotona. Disparu à cause d'un orgueil stupide.

– C'était son œuvre !

– Elle ne l'était plus, objecta Gaotona. Elle appartenait à toute personne qui la voyait. Vous n'auriez jamais dû accepter. Détruire une œuvre d'art comme celle-ci n'est jamais justifié. (Il hésita.) Malgré tout… je crois que je peux comprendre. Votre geste possédait une certaine noblesse. Votre objectif était le Sceptre de Lune. Il était dangereux de vous exposer pour détruire ce tableau.

– ShuXen m'a enseigné la peinture quand j'étais jeune. Je ne pouvais pas refuser sa requête.

Gaotona ne sembla pas partager son avis, mais il acquiesça néanmoins. Nom des nuits, que Shai se sentait exposée !

*C'est important que tu le fasses*, se dit-elle. *Et peut-être…*

Pourtant, il ne lui rendit pas les plaques. Elle ne s'était pas attendue qu'il les lui remette, pas maintenant. Pas avant que leur accord ne fût scellé – un accord qu'elle ne pensait jamais voir mené à bien de son vivant, à moins de s'échapper.

Ils passèrent en revue la dernière série de nouveaux tampons. Chacun d'entre eux prit au moins une minute, comme elle en avait eu la quasi-certitude. Elle disposait à présent de la vision d'ensemble, l'idée de l'âme entière telle qu'elle serait une fois finie. Lorsqu'elle eut terminé le sixième tampon de la journée, Gaotona attendit le suivant.

– C'est tout, déclara-t-elle.

– Pour aujourd'hui ?

– Pour toujours, répliqua Shai en rangeant le dernier des tampons.

– Vous en avez fini ? s'étonna Gaotona en se redressant. Avec près d'un mois d'avance ! C'est...

– Je n'en ai pas fini. J'en arrive à la partie la plus difficile. Je dois tailler ces centaines de tampons avec tous leurs détails minuscules, les assembler, puis créer un tampon pivot. Ce que j'ai fait jusqu'ici revient à préparer toutes les peintures, à créer les études de couleurs et de silhouettes. Maintenant, je dois tout assembler. La dernière fois que j'ai fait ça, ça m'a demandé pas loin de cinq mois.

– Et il ne vous reste que vingt-quatre jours.

– Et il ne me reste que vingt-quatre jours, répéta Shai.

Mais elle éprouva aussitôt un pincement de culpabilité. Il fallait qu'elle s'échappe. Bientôt. Elle ne pouvait pas attendre d'avoir terminé le projet.

– Dans ce cas, je vous laisse, répondit Gaotona en se levant et en rabaissant sa manche.

## Quatre-vingt-cinquième jour

*Oui,* se dit Shai tout en fouillant les piles de papiers alignées tout au long du bord de son lit. La table n'était pas assez grande. Elle avait tiré les draps bien droit et transformé le lit en endroit où poser toutes ses piles. *Oui, son premier amour provenait de ce livre d'histoires.* C'était pour cette raison que… Les cheveux roux de Kurshina… Mais ça devait se jouer à un niveau inconscient. Il ne devait pas le savoir. Ça devait être enfoui profondément.

Comment avait-elle pu passer à côté de ce détail ? Elle était bien plus loin d'en avoir terminé qu'elle ne le pensait. Elle n'avait pas assez de temps !

Shai ajouta cette nouvelle découverte au sceau sur lequel elle travaillait, celui qui combinait tout ce qui se rapportait aux inclinations et expériences romantiques d'Ashravan. Elle y avait tout inclus : les plus embarrassantes, les plus honteuses, les plus glorieuses. Tout ce qu'elle était parvenue à découvrir, et un peu plus encore, quelques risques calculés pour compléter l'âme. Une rencontre avec une femme dont Ashravan ne se rappelait pas le nom. Des béguins. Une quasi-aventure avec une femme aujourd'hui morte.

C'était pour Shai la partie de l'âme la plus difficile à imiter, car c'était la plus intime. Ce que faisait un empereur pouvait rarement rester secret, mais Ashravan n'avait pas toujours été empereur.

Il fallait qu'elle extrapole, faute de quoi l'âme resterait nue, dépourvue de passion.

Ces détails-là étaient si intimes, si puissants. C'était lorsqu'elle les dénichait qu'elle se sentait le plus proche d'Ashravan. Pas en tant que voyeuse ; à ce stade, elle faisait partie de lui.

Elle tenait deux carnets à présent. Les notes officielles de son processus la disaient affreusement en retard ; ce carnet-là omettait des détails. L'autre carnet était le véritable, déguisé en tas de notes inutiles, chaotiques et peu rigoureuses.

Elle était bel et bien en retard, mais pas autant que sa documentation officielle ne le montrait. Avec un peu de chance, ce subterfuge lui permettrait de gagner quelques jours supplémentaires avant que Frava ne frappe.

Alors que Shai cherchait une note bien précise, elle tomba sur l'une de ses listes de plans d'évasion. Elle hésita. *Premièrement, s'occuper du sceau sur la porte,* disait la note codée. *Deuxièmement, réduire les gardes au silence. Troisièmement, récupérer les Marques Primordiales, si possible. Quatrièmement, s'échapper du palais. Cinquièmement, s'échapper de la ville.*

Elle avait rédigé d'autres notes détaillant l'exécution de chaque étape. Elle n'était pas en train d'ignorer son évasion, pas totalement. Elle avait un bon plan.

Cependant, sa tentative désespérée visant à terminer l'âme retenait la majeure partie de son attention. *Rien qu'une semaine de plus*, se disait-elle. *Si je prends une semaine de plus, je finirai cinq jours avant la date limite. Là, je pourrai m'enfuir.*

## Quatre-vingt-dix-septième jour

– Hé ! s'exclama Hurli en se penchant. Qu'est-ce que c'est que ça ?

Hurli était un Cogneur musclé qui se faisait passer pour plus bête qu'il n'était. Ce qui lui permettait de gagner aux cartes. Il avait deux enfants – deux filles, toutes deux âgées de moins de cinq ans – mais il voyait l'une des femmes gardes en parallèle. Hurli regrettait secrètement de ne pas avoir pu devenir charpentier comme son père. Il aurait été horrifié s'il avait deviné à quel point Shai en savait long sur lui.

Il ramassa la page qu'il venait de trouver par terre. Le Marque-sang venait de partir. C'était le matin du quatre-vingt-dix-septième jour de captivité de Shai dans cette chambre, et elle avait décidé de mettre son plan en œuvre. Il fallait qu'elle sorte de là.

Le sceau de l'empereur n'était pas tout à fait terminé. Plus qu'une nuit de travail et elle le tiendrait. De toute manière, son plan nécessitait encore une nuit d'attente.

– Verdoigt a dû le laisser tomber, déclara Yil en s'approchant.

C'était l'autre garde présente dans la chambre ce matin-là.

– Qu'est-ce que c'est ? demanda Shai depuis le bureau.

– Une lettre, grommela Hurli en réponse.

Les deux gardes lurent en silence. Les Cogneurs du palais savaient tous lire. On l'exigeait de tout fonctionnaire impérial qui fût au minimum du deuxième rang.

Shai, tendue, resta assise à boire une tasse de thé au citron en se forçant à respirer calmement. Elle s'obligea à se détendre, bien que ce fût la dernière chose dont elle eût envie. Elle connaissait le contenu de la lettre par cœur. Elle l'avait rédigée, après tout, avant de la laisser discrètement tomber derrière le Marque-sang alors qu'il sortait précipitamment quelques instants auparavant.

*Mon frère,* disait la lettre. *J'ai presque entièrement terminé ma tâche ici, et la fortune que j'aurai gagnée rivalisera même avec celle d'Azalec après ses exploits dans les provinces du Sud. La prisonnière que je maintiens captive n'en vaut vraiment pas la peine, mais qui suis-je pour remettre en question le raisonnement de personnes qui me versent beaucoup trop d'argent ?*

*Je te rejoindrai bientôt. J'ai la grande fierté de t'annoncer que mon autre mission ici a remporté un franc succès. J'ai identifié plusieurs guerriers compétents et rassemblé assez d'échantillons de leur personne.*

*Cheveux, ongles, ainsi que quelques effets personnels qui ne leur manqueront pas. Je ne doute guère que nous disposions très bientôt de nos gardes personnels.*

La lettre se poursuivait ainsi, couvrant le recto comme le verso de manière à ne pas éveiller les soupçons. Shai l'avait remplie de bavardages détaillés sur le palais, comportant de menus faits dont d'autres la penseraient ignorante mais que le Marque-sang connaîtrait.

Shai craignait que la lettre ne fût trop transparente. Les gardes comprendraient-ils qu'il s'agissait d'un faux ?

– Quel KuNuKam, chuchota Yil, employant un mot de leur langue natale, que l'on pouvait grosso modo traduire par homme qui possède un anus à la place de la bouche. Quel KuNuNam impérial !

Apparemment, ils croyaient réellement qu'il était l'auteur de la lettre. La subtilité échappait parfois aux soldats.

– Je peux la voir ? demanda Shai.

Hurli la lui tendit.

– Est-ce qu'il est en train de dire ce que je crois ? demanda-t-il. Il… rassemblait des échantillons de notre personne ?

– Il ne parle peut-être pas des Cogneurs, répondit Shai après avoir lu la lettre. Il ne le précise pas.

– Pourquoi aurait-il besoin de cheveux ? insista Yil. Et d'ongles ?

— Ils peuvent fabriquer des choses avec ce genre d'échantillons, déclara Hurli avant de jurer de nouveau. Vous avez vu ce qu'il fait chaque jour sur cette porte avec votre sang.

— Je ne sais pas s'il peut faire grand-chose avec des ongles et des cheveux, dit Shai d'un air sceptique. C'est simplement de la bravade. Pour fonctionner sur ses tampons, le sang doit être frais et dater de moins d'une journée. Il se vante auprès de son frère.

— Il ne devrait pas faire ces choses-là, dit Hurli.

— À votre place, je ne m'en ferais pas, conclut Shai.

Les deux autres échangèrent un regard. Quelques minutes plus tard, la relève des gardes eut lieu. Hurli et Yil s'en allèrent en marmonnant entre eux, la lettre fourrée dans la poche de Hurli. Ils n'allaient sans doute pas faire grand mal au Marque-sang. Le menacer, peut-être.

Le Marque-sang était connu pour fréquenter chaque soir les maisons de thé des environs. Elle se sentit presque désolée pour lui. Elle avait compris que, lorsqu'il recevait des nouvelles de chez lui, il se présentait à sa porte avec ponctualité. Il semblait parfois surexcité. Lorsqu'il ne recevait pas de nouvelles, il buvait. Ce matin-là, il avait paru triste. Pas de nouvelles depuis un moment, donc.

Ce qui allait lui arriver ce soir-là n'améliorerait en rien sa journée. Oui, Shai était presque désolée pour lui, mais elle se rappela ensuite le sceau sur sa porte et le pansement noué sur son bras après qu'il lui avait prélevé du sang aujourd'hui.

Dès que des nouveaux gardes se furent installés, Shai prit une profonde inspiration, puis se remit au travail.

Ce soir. Ce soir, elle allait finir.

## Quatre-vingt-dix-huitième jour

Shai s'agenouilla par terre au milieu d'un fouillis de feuilles éparpillées, chacune remplie d'une écriture en pattes de mouche ou de dessins de sceaux. Derrière elle, le matin ouvrait les yeux et la lumière du soleil s'infiltrait par la fenêtre au vitrail, peignant la pièce de cramoisi, de bleu, de violet.

Un unique spiritampe taillé dans de la pierre polie reposait, tourné vers le bas, sur une plaque métallique placée devant elle. La spirilithe, en tant que roche, ressemblait à la stéatite ou à une autre pierre au grain fin, mais des fragments rouges y étaient intégrés. Comme si elle avait été tachée par des gouttes de sang.

Shai cligna des yeux. Allait-elle vraiment tenter de s'échapper ? Elle avait dormi… quoi ? Quatre heures en tout ces trois derniers jours ?

L'évasion pouvait tout de même attendre. Elle pouvait bien se reposer, rien qu'aujourd'hui.

*Si je me repose,* songea-t-elle, engourdie, *je ne me réveillerai pas.*

Elle ne bougea pas. Ce tampon lui semblait être la plus belle chose qu'elle eût jamais vue.

Ses ancêtres vénéraient des pierres qui tombaient du ciel la nuit. L'âme de dieux brisés, appelait-on ces fragments. Des maîtres artisans les taillaient pour en faire surgir la forme. À une époque, Shai trouvait ça idiot. Pourquoi vénérer quelque chose qu'on avait soi-même créé ?

Mais, agenouillée devant son chef-d'œuvre, elle comprenait. Elle avait le sentiment d'avoir tout déversé dans ce tampon. Elle avait comprimé en trois mois deux années d'effort, avant d'y ajouter une nuit de sculpture effrénée et désespérée. Au cours de cette nuit, elle avait apporté des changements à ses notes, à l'âme elle-même. Des changements radicaux. Elle ignorait toujours s'ils avaient été provoqués par son incroyable vision finale du projet d'ensemble... ou si ces changements n'avaient été que des idées erronées nées de la fatigue et des illusions.

Elle n'en saurait rien jusqu'à ce que le tampon soit utilisé.

– Est-ce que c'est... fini ? demanda l'un des gardes.

Tous deux s'étaient repliés vers le mur opposé de la pièce, pour s'asseoir près de la cheminée et lui laisser de l'espace. Elle se rappelait vaguement avoir poussé les meubles. Elle avait passé une partie de son temps à tirer des piles de papier de sous le lit, puis à ramper dessous pour aller en chercher d'autres.

Était-ce fini ?

Shai hocha la tête.

– Qu'est-ce que c'est ? demanda le garde.

*Nom des nuits*, se dit-elle. *C'est vrai. Ils ne le savent même pas.* Les gardes ordinaires sortaient chaque jour lors de ses conversations avec Gaotona.

Les pauvres Cogneurs se retrouveraient sans doute affectés à un avant-poste isolé de l'empire pour le restant de leurs jours, où ils garderaient les défilés menant à la lointaine péninsule Téoise ou quelque chose d'équivalent. On les balaierait discrètement sous le tapis pour les empêcher de dévoiler, même accidentellement, ce qui s'était passé ici.

– Demandez à Gaotona si vous voulez le savoir, répondit doucement Shai. Je ne suis pas autorisée à vous en parler.

Elle s'empara du sceau avec déférence puis le plaça, ainsi que sa plaque, dans une boîte qu'elle avait préparée. Le tampon se nicha dans le velours rouge, et la plaque – qui avait la forme d'un médaillon large et mince – dans une encoche sur le dessous du couvercle. Elle ferma celui-ci puis tira une autre boîte, légèrement plus grande. Elle contenait cinq sceaux, taillés et préparés pour son évasion imminente. Si elle y parvenait. Elle avait déjà utilisé deux d'entre eux.

Si elle pouvait simplement dormir quelques heures. Rien que quelques…

*Non. Je ne peux pas me servir du lit de toute façon.*

Mais se recroqueviller sur le sol semblait une idée séduisante.

La porte commença à s'ouvrir. Shai éprouva un bref et intense moment de panique. Était-ce le Marque-sang ? Il était censé être coincé au lit, abruti d'alcool après s'être fait rudoyer par les Cogneurs !

L'espace d'un instant, elle éprouva un étrange et coupable sentiment de soulagement. Si le Marque-sang était là, elle n'aurait pas l'occasion de s'enfuir aujourd'hui. Elle pourrait dormir. Hurli et Yil ne l'avaient-ils pas roué de coups ? Shai avait été persuadée d'avoir bien lu en eux et…

… et, dans son épuisement, elle s'aperçut qu'elle avait tiré des conclusions hâtives. La porte s'ouvrit entièrement et quelqu'un entra bel et bien, mais ce n'était pas le Marque-sang.

C'était le capitaine Zu.

– Dehors, aboya-t-il aux deux gardes.

Ils se levèrent aussitôt.

– En fait, ajouta Zu, je vous donne congé pour la journée. Je monterai la garde jusqu'au changement d'équipe.

Tous deux saluèrent et sortirent. Shai se sentit comme un élan blessé abandonné par son troupeau. La porte se ferma avec un déclic et

Zu se tourna vers elle, d'un mouvement lent et délibéré.

– Le tampon n'est pas prêt, annonça Shai. Donc vous pouvez...

– Il n'est pas nécessaire qu'il soit prêt, rétorqua Zu avec un large sourire de ses lèvres épaisses. Je crois vous avoir promis quelque chose il y a trois mois, voleuse. Nous avons une... dette en souffrance.

La chambre était mal éclairée, car la lampe s'était presque entièrement consumée et le jour commençait à peine à poindre. Shai s'écarta de lui et passa précipitamment ses plans en revue. Les choses n'étaient pas censées se dérouler comme ça. Elle ne pouvait pas affronter Zu.

Elle continuait à remuer les lèvres, pour le distraire mais aussi pour jouer un rôle qu'elle venait de s'inventer sur-le-champ.

– Quand Frava découvrira que vous êtes venu, déclara-t-elle, elle sera furieuse.

Zu tira son épée.

– Nom des nuits ! s'exclama Shai en reculant vers son lit. Zu, vous n'êtes pas obligé de faire ça. Vous ne pouvez pas faire ça. J'ai un travail important à finir !

– Quelqu'un d'autre le finira à votre place, répondit Zu avec un regard mauvais. Frava dispose d'un autre Faussaire. Vous vous croyez si maligne. Vous avez sans doute planifié une évasion astucieuse pour demain. Cette fois-ci, c'est nous qui frappons les premiers. Ça, vous ne l'aviez pas prévu, n'est-ce pas, menteuse ? Je vais prendre plaisir à vous tuer. Un tel plaisir…

Il porta une botte et la pointe de son épée accrocha le chemisier de Shai, y découpant une entaille au niveau du flanc. Shai s'écarta d'un bond en appelant à l'aide. Elle jouait toujours son rôle, mais n'avait pas besoin de faire semblant. Son cœur battait à tout rompre et la panique montait en elle tandis qu'elle contournait hâtivement son lit pour le placer entre elle et Zu.

Avec un large sourire, il se précipita vers elle et bondit sur le lit.

Lequel s'effondra aussitôt. Pendant la nuit, tout en rampant dessous pour y récupérer ses notes, Shai avait falsifié le bois du cadre de sorte qu'il possède de sérieux défauts et que les assauts des insectes l'aient fragilisé. Elle avait entaillé à grands coups le dessous du sommier.

Zu eut à peine le temps de crier lorsque le lit se démantibula entièrement et dégringola dans le trou qu'elle avait ouvert dans le sol. Le dégât des eaux survenu dans sa chambre – la moisissure qu'elle avait flairée la première fois qu'elle y était entrée – avait été la clé. D'après les comptes rendus, le plafond de bois aurait pourri et se serait effondré si on n'avait pas localisé la fuite si rapidement. Un Falsificat simple, totalement plausible, faisait en sorte que le sol se fût bel et bien effondré.

Zu dégringola dans la réserve vide un étage plus bas. Shai haleta un moment avant de jeter un coup d'œil à l'intérieur du trou. L'homme était étendu au milieu des vestiges brisés du lit. Une partie de ces vestiges se composait de rembourrage et de coussins. Il allait certainement survivre - elle avait destiné ce piège à l'un des gardes ordinaires, qu'elle appréciait.

*Ce n'est pas tout à fait comme ça que j'avais prévu les choses,* se dit-elle, *mais ça fera l'affaire.*

Elle se précipita vers la table et rassembla ses affaires. La boîte de tampons, l'âme de l'empereur, un supplément d'encre et de spirilithe. Ainsi que les deux carnets - l'officiel et le véritable - expliquant les tampons qu'elle avait créés dans toute leur complexité.

Elle jeta l'officiel dans la cheminée sur son passage. Puis s'arrêta devant la porte et compta les battements de son cœur.

Elle regarda, torturée par l'angoisse, le sceau du Marque-sang palpiter. Enfin, après quelques minutes atroces, le sceau de la porte clignota une dernière fois… puis s'effaça. Le Marque-sang n'était pas revenu à temps pour le renouveler.

Elle était libre.

Shai jaillit dans le couloir, abandonnant son foyer de ces trois derniers mois, une chambre désormais ornée d'or et d'argent. Le couloir avait été si proche, pourtant il lui avait semblé aussi lointain qu'un pays étranger. Elle appuya contre son chemisier le troisième des tampons qu'elle avait préparés, lui donnant ainsi l'apparence de celui des serviteurs du palais, avec l'insigne officiel brodé sur le sein gauche.

Elle disposait de peu de temps pour procéder à l'étape suivante. Bientôt, soit le Marque-sang allait se diriger vers sa chambre, soit Zu allait se réveiller de sa chute, soit les gardes allaient arriver pour le changement d'équipe. Shai brûlait d'envie de se mettre à courir le long du couloir, de foncer vers l'écurie du palais.

Elle n'en fit rien. Courir sous-entendait deux choses : la culpabilité ou une tâche importante. L'une comme l'autre marqueraient les esprits. Elle maintint plutôt son allure au niveau d'un pas rapide et adopta une posture qui suggérait qu'elle savait ce qu'elle faisait et qu'il ne fallait donc pas l'interrompre.

Elle pénétra bientôt dans les parties les mieux entretenues de l'immense palais. Personne ne l'interpella. Parvenue à une intersection, elle s'arrêta.

Sur la droite, dans un long couloir, se trouvait l'entrée des appartements de l'empereur. Le sceau qu'elle portait dans sa main droite, dans sa boîte matelassée, semblait bondir sous ses doigts. Pourquoi ne l'avait-elle pas laissé dans la chambre, où Gaotona l'aurait découvert ? Les arbitres la pourchasseraient moins assidûment s'ils l'avaient en leur possession.

Elle pouvait l'abandonner simplement ici, dans ce couloir truffé de portraits d'anciens souverains et encombré d'urnes falsifiées d'époques anciennes.

Non. Elle l'avait emporté à dessein. Elle avait préparé des outils pour entrer dans les appartements de l'empereur. Elle savait depuis le début que c'était ce qu'elle ferait.

Si elle partait maintenant, elle ne saurait jamais vraiment si le sceau fonctionnait. Ça reviendrait à bâtir une maison sans jamais y entrer. À forger une épée sans jamais la tester. À concevoir un chef-d'œuvre artistique, puis à l'enfermer pour que personne ne le voie jamais.

Shai s'engagea dans le long couloir.

Dès qu'elle put s'assurer que personne ne la voyait, elle retourna l'une de ces urnes affreuses et brisa le sceau qui se trouvait en dessous. Elle se retransforma en une version d'elle-même faite d'argile nue.

Elle avait eu largement le temps de découvrir précisément où ces urnes avaient été fabriquées et par qui. Le quatrième des tampons qu'elle avait préparés transforma l'urne en réplique d'un pot de chambre doré et très orné. Shai remonta le couloir d'un pas vif en direction des appartements de l'empereur, puis salua les gardes d'un signe de tête, le pot de chambre sous le bras.

— Je ne vous reconnais pas, déclara l'un d'eux.

Elle ne le reconnaissait pas non plus, avec ce regard plissé et ce visage couturé de cicatrices. Comme elle s'y attendait, les gardes désignés pour la surveiller avaient été tenus à l'écart des autres afin d'éviter qu'ils évoquent leurs devoirs.

– Ah, répondit Shai, l'air confus, tout en fouillant dans sa poche. Je suis désolée, suprême. On ne m'a affectée à cette tâche que ce matin.

Elle rougit et tira de sa poche un petit carré de papier épais, comportant le sceau et la signature de Gaotona. Elle avait fabriqué les deux à l'ancienne. C'était très pratique qu'il l'eût laissée lui dicter comment maintenir la sécurité dans les appartements de l'empereur.

Elle entra sans difficulté particulière. Les trois pièces suivantes des appartements spacieux de l'empereur étaient vides. Au-delà se trouvait une porte verrouillée. Pour la franchir, elle dut falsifier le bois afin de la transformer en une autre porte endommagée par les insectes – à l'aide du même tampon utilisé sur son lit. L'effet ne dura pas longtemps, mais quelques secondes lui suffirent pour l'ouvrir d'un coup de pied.

À l'intérieur, elle trouva la chambre de l'empereur. C'était l'endroit même où on l'avait conduite ce premier jour où elle s'était vu proposer cette chance. La chambre était vide en dehors de lui, étendu sur le lit. Il était éveillé, mais fixait aveuglément le plafond.

La pièce était immobile. Silencieuse. Elle dégageait une odeur… trop propre. Trop blanche. Comme une toile vide.

Shai alla se placer à côté du lit. Ashravan ne la regarda pas. Ses yeux ne bougèrent pas. Elle posa les doigts sur son épaule. Il possédait un visage séduisant, bien qu'il eût quinze ans de plus qu'elle. Ce n'était pas grand-chose pour un Éminent ; ils vivaient plus longtemps que la plupart des gens.

Il possédait un visage vigoureux, bien qu'il eût passé un long moment alité. Cheveux dorés, menton ferme, nez proéminent. Si différent des traits du peuple de Shai.

– Je connais votre âme, murmura-t-elle. Mieux que vous ne l'avez jamais connue vous-même.

Pas encore d'alarme. Shai s'attendait toujours qu'elle soit donnée d'un instant à l'autre, mais elle s'agenouilla près du lit malgré tout.

– J'aimerais tellement pouvoir vous connaître. Pas votre âme, mais votre personne. J'ai lu des témoignages à votre sujet ; j'ai scruté votre cœur. J'ai reconstruit votre âme de mon mieux. Pourtant, ce n'est pas la même chose. Pourtant, ce n'est pas comme connaître quelqu'un, n'est-ce pas ? C'est connaître l'histoire de quelqu'un.

Était-ce un cri qu'elle entendait, provenant d'une partie éloignée du palais ?

– Je ne vous demande pas grand-chose, souffla-t-elle. Simplement de vivre. Simplement d'être. J'ai fait ce que je pouvais. Faites en sorte que ça suffise.

Elle prit une profonde inspiration, puis appliqua le tampon. Il atteignit la chair et resta figé un moment, comme ils le faisaient toujours. Le muscle et la peau ne cédèrent qu'une seconde plus tard, lorsqu'il s'enfonça de quelques millimètres.

Elle le fit pivoter pour le verrouiller en place, puis le retira. Le sceau rouge vif brillait d'un faible éclat.

Ashravan cligna des yeux.

Shai se leva et recula tandis qu'il s'asseyait et regardait autour de lui. Elle se mit à compter en silence.

— Mes appartements, dit Ashravan. Que s'est-il passé ? J'ai été attaqué. J'ai été… j'ai été blessé. Oh, mère des lumières. Kurshina. Elle est morte.

Son visage se transforma en masque de douleur, mais il le cacha la seconde d'après. Il était empereur. Il avait beau être d'une nature irritable, tant qu'il n'était pas furieux, il était doué pour masquer ses sentiments. Il se tourna vers Shai, et des yeux vivants - des yeux capables de voir - se concentrèrent sur elle.

— Qui êtes-vous ?

La question tordit les entrailles de Shai, bien qu'elle s'y fût attendue.

— Je suis une sorte de chirurgienne, répondit-elle. Vous avez été grièvement blessé. Je vous ai guéri. Cependant, les moyens que j'ai employés pour ce faire sont considérés comme... déplaisants par certaines parties de votre culture.

– Vous êtes une rescelleuse, dit-il. Une... une Faussaire ?

– D'une certaine façon. (Il le croirait parce qu'il le voulait.) C'était un type de rescellage difficile. Vous devrez être tamponné chaque jour, et vous devez conserver sur vous en permanence cette plaque métallique - celle qui possède la forme d'un disque, dans cette boîte. Sans ça, Ashravan, vous mourrez.

– Donnez-la-moi, dit-il en tendant la main.

Elle hésita. Sans bien savoir pourquoi.

– Donnez-la-moi, répéta-t-il avec plus d'insistance.

Elle plaça le tampon dans sa main.

– Ne dites à personne ce qui s'est passé ici, chuchota-t-elle. Ni aux gardes, ni aux serviteurs. Seuls vos arbitres savent ce que j'ai fait.

Les cris gagnaient en volume à l'extérieur. Ashravan se tourna dans leur direction.

– Si personne ne doit savoir, répondit-il, vous devez partir. Quitter cet endroit pour ne plus revenir. (Il baissa les yeux vers le sceau.) Je devrais sans doute vous faire tuer parce que vous connaissez mon secret.

C'était là l'égoïsme qu'il avait appris lors de ses années passées dans le palais. Oui, elle avait eu raison sur ce point.

— Mais vous ne le ferez pas, dit-elle.

— En effet.

Et c'était là la clémence, enfouie profondément.

— Partez avant que je ne change d'avis.

Elle fit un pas vers la porte, puis consulta sa montre - bien plus d'une minute. Le tampon avait pris, du moins sur le court terme. Elle se retourna vers lui.

— Qu'attendez-vous ? demanda-t-il.

— Je voulais simplement vous regarder encore un peu, bredouilla-t-elle.

Il se fit songeur.

Les cris redoublèrent d'intensité.

— Partez, répéta-t-il. Je vous en prie.

Il semblait connaître la raison de ces cris, ou du moins la deviner.

— Faites mieux cette fois-ci, lui recommanda Shai. Je vous en supplie.

Sur ce, elle prit la fuite.

Elle avait été tentée un moment d'inscrire en lui le désir de la protéger. Il n'aurait eu aucune bonne raison de le faire, du moins à ses yeux à lui, et elle aurait ainsi risqué de mettre en péril le Falsificat tout entier. Par ailleurs, elle ne le croyait pas vraiment en mesure de la sauver. Jusqu'à la fin de sa période de deuil, il ne pouvait ni quitter ses appartements ni parler à qui que ce soit d'autre que ses arbitres. Dans l'intervalle, ceux-ci dirigeaient l'empire.

Ils le dirigeaient déjà pratiquement, de toute façon. Non, une révision hâtive de l'âme d'Ashravan pour qu'il la protège n'aurait pas fonctionné. Arrivée près de la dernière porte, Shai reprit son pot de chambre factice. Elle le souleva, puis franchit la porte en titubant. Elle hoqueta de manière appuyée en entendant les cris lointains.

– C'est à cause de moi ? s'écria Shai. Nom des nuits ! Je ne l'ai pas fait exprès ! Je sais bien que je n'étais pas censée le voir. Je sais bien qu'il est reclus, mais j'ai ouvert la mauvaise porte !

Les gardes la fixèrent, puis l'un d'entre eux se détendit.

– Ce n'est pas vous. Regagnez vos quartiers et restez-y.

Elle fit la révérence et s'éloigna précipitamment. La plupart des gardes ne la connaissaient pas, et par conséquent…

Elle ressentit une vive douleur au flanc qui lui coupa le souffle. Cette douleur était semblable à celle qu'elle éprouvait chaque matin quand le Marque-sang tamponnait sa porte.

Paniquée, Shai palpa l'accroc de son chemisier - là où Zu l'avait touchée de la pointe de son épée - et constata que l'arme avait traversé jusqu'à son maillot noir ! Quand elle regarda ses doigts, elle y vit quelques gouttes de sang. Rien qu'une coupure, rien de dangereux. Dans la pagaille, elle n'avait même pas remarqué qu'elle était blessée.

Mais la pointe de l'épée de Zu… portait une trace de son sang. Du sang frais. Le Marque-sang l'avait découvert et avait lancé la chasse. La douleur signifiait qu'il était en train de la localiser, d'accorder ses familiers sur elle.

Shai jeta l'urne à terre et se mit à courir.

Rester cachée n'était plus envisageable. Il était inutile de faire profil bas. Si les squelettoïdes du Marque-sang la rejoignaient, elle mourrait. Point final. Elle devait rapidement trouver un cheval, puis conserver une avance sur les squelettoïdes pendant vingt-quatre heures, jusqu'à ce que son sang ne soit plus frais.

Shai remonta le couloir en courant. Des serviteurs se mirent à la montrer du doigt, d'autres à hurler. Elle faillit renverser un ambassadeur sudiste vêtu de l'armure rouge des prêtres.

Elle jura et le contourna à toute allure. Les sorties du palais devaient être verrouillées à présent. Elle le savait. Elle avait étudié la sécurité. Il serait presque impossible de sortir.

*Toujours disposer d'un plan de secours,* disait l'oncle Won.

Elle en avait toujours un.

Shai s'arrêta dans le couloir et décida - comme elle aurait dû le faire plus tôt - qu'il était inutile de se précipiter vers les sorties. Bien qu'elle fût dans un état proche de la panique, avec le Marque-sang à ses trousses, il fallait qu'elle garde les idées claires.

Un plan de secours. Le sien était désespéré, mais c'était le seul dont elle disposait. Elle se remit à courir, prit un tournant en dérapant et revint sur ses pas.

*Nom des nuits, faites que je ne me sois pas trompée sur lui,* se dit-elle. *S'il est en réalité un charlatan virtuose bien plus doué que moi, je suis perdue. Oh, je vous en prie, Dieu Inconnu ! Faites que j'aie raison cette fois-ci.*

Le cœur battant à tout rompre, son épuisement oublié sur-le-champ, elle finit par s'arrêter dans le couloir qui menait aux appartements de l'empereur.

Là, elle attendit. Les gardes l'examinèrent, l'air songeur, mais ils maintinrent leur position au bout du couloir comme on le leur avait appris. Ils l'appelèrent. C'était dur de s'empêcher de bouger. Le Marque-sang approchait de plus en plus avec ses horribles familiers…

– Pourquoi êtes-vous ici ? demanda une voix.

Shai se retourna pour voir Gaotona s'avancer dans le couloir. Il était d'abord venu trouver l'empereur. Les autres devaient chercher Shai, mais Gaotona était venu voir l'empereur, pour s'assurer qu'il était sain et sauf.

Shai s'avança vers lui, nerveuse. *C'est sans doute,* se dit-elle, *la pire idée de plan de secours que j'aie jamais eue.*

– Ça a marché, dit-elle tout bas.

– Vous avez essayé le tampon ? demanda Gaotona en lui prenant le bras et en lançant des regards vers les gardes, avant de l'attirer hors de portée de leurs oreilles. De toutes les idées insensées que vous…

– Ça a marché, Gaotona, répéta Shai.

– Pourquoi êtes-vous allée vers lui ? Pourquoi ne pas vous être enfuie tant que vous en aviez l'occasion ?

– Il fallait que je sache. Il le fallait.

Il croisa son regard et le soutint. Lut au travers jusqu'à l'âme de Shai, comme toujours. Nom des nuits, quel formidable Faussaire il aurait fait !

– Le Marque-sang est sur vos traces, reprit Gaotona. Il a invoqué ces… créatures pour vous donner la chasse.

– Je sais.

Gaotona hésita une fraction de seconde, puis tira une boîte en bois de ses poches volumineuses. Le cœur de Shai bondit.

Il la lui tendit et elle la prit d'une main, mais il ne lâcha pas prise.

– Vous saviez que je viendrais ici, déclara-t-il. Vous saviez que je les apporterais et que je vous les donnerais. Vous vous êtes jouée de moi.

Shai ne répondit pas.

– Comment vous y êtes-vous prise ? demanda-t-il. Je croyais vous observer attentivement. J'étais persuadé de ne pas avoir été manipulé. Et pourtant je me suis précipité ici, à moitié certain de vous y trouver. Certain que vous auriez besoin de ceci. Et malgré tout, jusqu'à cet instant, je n'étais pas conscient que vous aviez probablement planifié tout ça.

– Je vous ai effectivement manipulé, Gaotona, admit-elle. Mais j'ai dû le faire de la façon la plus difficile possible.

– Laquelle ?

– En me montrant sincère.

– On ne peut pas manipuler les gens en étant sincère.

– Ah bon ? demanda Shai. N'est-ce pas comme ça que vous avez bâti toute votre carrière ? En parlant franchement, en apprenant aux gens ce qu'ils devaient attendre de vous, puis en comptant sur eux pour se montrer honnêtes en retour ?

– Ce n'est pas la même chose.

– Non, acquiesça-t-elle. En effet. Mais c'est ce que j'ai trouvé de mieux. Tout ce que je vous ai dit est vrai, Gaotona. Le tableau que j'ai détruit, les secrets concernant ma vie et mes désirs… Me montrer sincère. C'était la seule manière de vous rallier à ma cause.

– Je ne suis pas de votre côté. (Il marqua un temps d'arrêt.) Mais je ne veux pas pour autant que vous vous fassiez tuer, jeune fille. Surtout par ces créatures. Prenez-les. Nom des jours ! Prenez-les et partez, avant que je ne change d'avis.

— Merci, chuchota-t-elle en serrant la boîte contre sa poitrine. (Elle plongea la main dans la poche de sa jupe et en tira un épais petit carnet.) Mettez-le en sécurité, dit-elle. Ne le montrez à personne.

Il le prit en hésitant.

— Qu'est-ce que c'est ?

— La vérité, répondit-elle, avant de se pencher pour l'embrasser sur la joue. Si je m'échappe, je modifierai ma dernière Marque Primordiale. Celle que je ne compte jamais utiliser… J'y ajouterai, ainsi qu'à mes souvenirs, un grand-père bienveillant qui m'a sauvé la vie. Un homme pétri de sagesse et de compassion que je respectais beaucoup.

— Filez, petite idiote, ordonna-t-il.

Il avait bel et bien la larme à l'œil. Si elle n'avait été au bord de la panique, elle en aurait conçu de la fierté. Et de la honte de cette fierté. C'était sa nature.

— Ashravan est vivant, dit-elle. Quand vous penserez à moi, gardez ça en mémoire. Ça a marché. Nom des nuits, ça a marché !

Elle le quitta pour s'élancer le long du couloir.

Gaotona écouta la jeune fille s'éloigner, mais ne se retourna pas pour la regarder s'enfuir. Il fixait la porte des appartements de l'empereur.

Deux gardes perplexes et un passage vers… vers quoi donc ?

L'avenir de l'Empire de la Rose.

*Nous serons gouvernés par quelqu'un qui n'est pas réellement vivant,* songea Gaotona. *Le fruit de notre immonde labeur.*

Il prit une profonde inspiration, puis dépassa les gardes et ouvrit les portes pour aller contempler la créature qu'il avait engendrée.

*Par pitié… faites simplement que ce ne soit pas un monstre.*

Elle remonta d'un pas vif le couloir du palais, tenant la boîte de sceaux. Elle ôta son chemisier – dévoilant le maillot de coton noir ajusté qu'elle portait en dessous – et le fourra dans sa poche. Elle garda en dessous sa jupe et son caleçon. Ce n'était pas si différent des tenues dans lesquelles elle s'était entraînée.

Les serviteurs se dispersèrent autour d'elle. Ils comprenaient, rien qu'à voir sa posture, qu'il fallait s'écarter de son chemin. Soudain, Shai éprouva une confiance plus grande qu'elle n'en avait eue depuis des années.

Elle avait retrouvé son âme dans son intégrité.

Elle sortit l'une de ses Marques Primordiales tout en marchant. Elle l'encra à gestes vifs et replaça la boîte de sceaux dans la poche de sa jupe. Puis elle pressa le sceau contre son biceps droit et le verrouilla en place, réécrivant son histoire, ses souvenirs, l'expérience de toute sa vie.

Lors de cette fraction d'instant, elle se rappela deux histoires à la fois. Elle se rappela deux années passées enfermée à établir des plans, à créer cette Marque Primordiale. Une vie entière de Faussaire.

Dans le même temps, elle se rappela avoir passé les quinze dernières années au sein du peuple teullu. Il l'avait adoptée et formée aux arts martiaux.

Deux endroits à la fois, deux chronologies à la fois.

Puis l'ancienne s'effaça et elle devint Shaizan, le nom que lui avaient donné les Teullu. Son corps se fit plus mince, plus dur. Un corps de guerrière. Elle retira ses lunettes. Ses yeux avaient été guéris il y a longtemps et elle n'en avait plus besoin.

Son apprentissage n'avait pas été rose tous les jours ; les Teullu n'aimaient pas les étrangers. Ils avaient failli la tuer une douzaine de fois lors de son année de formation. Mais elle avait réussi.

Elle perdit toute connaissance d'art de la création des tampons, tout souvenir de sa soif de savoir. Elle demeurait elle-même et elle se rappelait toujours son passé proche – sa capture, la cellule dans laquelle on l'avait enfermée. Elle conservait la connaissance – à un niveau abstrait – de ce qu'elle venait de faire avec le tampon sur son bras et savait que la vie qu'elle se rappelait à présent était fausse.

Mais elle n'en avait pas le sentiment. Tandis que ce sceau brûlait sur son bras, elle devint la version d'elle-même qui aurait existé si elle avait été adoptée par une culture guerrière brutale et avait vécu au sein de ce peuple pendant plus d'une décennie.

Elle retira ses chaussures. Ses cheveux raccourcirent ; une cicatrice descendit depuis son nez pour zigzaguer sur sa joue droite. Elle se mit à marcher comme une guerrière, à pas furtifs plutôt qu'à grandes enjambées.

Elle atteignit la section du palais située juste avant les écuries, avec la Galerie Impériale sur sa gauche.

Une porte s'ouvrit devant elle. Zu apparut, avec sa grande stature et ses lèvres épaisses. Il avait une entaille sur le front - du sang y imprégnait le pansement - et ses vêtements s'étaient déchirés dans sa chute.

Un orage couvait dans ses yeux. Il la toisa d'un air mauvais.

— Vous l'avez fait. Le Marque-sang nous a conduits jusqu'à vous. Je vais prendre plaisir à…

Il s'interrompit lorsque Shaizan s'avança, d'un mouvement si rapide qu'il était flou, et abattit le talon de sa main contre son poignet, qu'elle brisa net en lui délogeant l'épée des doigts. Elle releva brusquement la main, l'atteignit à la gorge. Puis elle serra le poing et lui assena un coup bref et rude dans la poitrine, à pleines jointures. Six de ses côtes se brisèrent.

Zu recula en titubant, le souffle coupé, écarquillant les yeux sous l'effet du choc absolu. Son épée tomba bruyamment sur le sol. Shaizan le contourna, arracha son couteau de sa ceinture et le leva d'un geste sec pour trancher l'attache de sa cape.

Zu s'effondra à terre, la laissant avec la cape entre les doigts.

Shai aurait pu lui dire quelque chose. Shaizan n'avait aucune patience pour les piques et les mots d'esprit. Une guerrière ne connaissait jamais de repos, à l'image d'un fleuve. Sans ralentir l'allure, elle fit tournoyer la cape derrière elle et s'engagea dans le couloir suivant.

Zu cherchait son souffle. Il survivrait, mais ne tiendrait plus d'épée pendant des mois.

Elle perçut un mouvement au bout du couloir : des créatures aux membres blancs, trop maigres pour être vivantes. Shaizan adopta une posture de combat, jambes écartées, corps tourné sur le côté, orienté face au couloir, genoux légèrement pliés. Peu importait le nombre d'abominations dont disposait le Marque-sang ; peu importait qu'elle gagne ou qu'elle perde.

Seul importait le défi. Rien d'autre.

Ils étaient cinq, de forme humanoïde, armés d'épées. Ils remontèrent le couloir dans un cliquètement d'os, la fixant de leurs orbites privées d'yeux, sans autre expression que celle de leurs dents pointues au sourire immuable. Plusieurs parties des squelettoïdes avaient été remplacées par des morceaux de bois taillé pour réparer des os brisés au combat. Chacune des créatures arborait un sceau rouge sur le front ; il fallait du sang pour leur donner vie.

Même Shaizan n'avait encore jamais affronté de monstres semblables. Les poignarder ne servirait à rien. Mais ces os de substitution… certains étaient des fragments de côtes ou d'autres os dont les squelettoïdes n'avaient pas besoin pour se battre. Par conséquent, si on leur en retirait ou en brisait quelques-uns, cesseraient-ils de fonctionner ?

Ça semblait être sa meilleure chance. Elle n'hésita pas plus longtemps. Shaizan était une femme d'instinct. Lorsque les créatures l'atteignirent, elle fit brusquement ondoyer la cape de Zu et la jeta par-dessus la tête de la première. Laquelle se débattit, frappant la cape tandis que Shaizan attaquait la deuxième.

Elle intercepta le coup sur la lame du poignard de Zu, puis s'avança assez près pour sentir l'odeur des os de la créature et visa un point juste en dessous de la cage thoracique. Elle agrippa la colonne vertébrale et tira, délogeant quelques vertèbres, s'entaillant l'avant-bras sur la pointe du sternum. Tous les os des squelettoïdes semblaient être affûtés.

La créature s'effondra dans un cliquètement d'os. Elle avait eu raison. Une fois les os essentiels retirés, les squelettoïdes devenaient pareils à des poupées de son. Shaizan rejeta la poignée de vertèbres.

Il en restait quatre. D'après le peu qu'elle savait, les squelettoïdes étaient infatigables et implacables. Elle devait être rapide, faute de quoi ils auraient le dessus.

Les trois de derrière l'attaquèrent ; Shaizan esquiva, contournant le premier tandis qu'il retirait la cape. Elle agrippa son crâne par les orbites, récoltant sur son épée une profonde entaille au bras. Le sang de Shaizan aspergea le mur tandis qu'elle arrachait le crâne ; le reste du corps de la créature s'effondra à terre.

*Avance. Ne ralentis pas.*

Si elle ralentissait, elle était morte.

Elle fonça en tournoyant sur les trois autres, utilisant le crâne pour parer un coup d'épée et le poignard pour en dévier un autre. Elle contourna le troisième, qui lui entailla le flanc.

Elle ne pouvait pas éprouver de douleur. Elle s'était entraînée à l'ignorer au combat. Ce qui était une bonne chose, car ce coup-là lui aurait fait un mal de chien.

Elle cogna violemment le crâne contre la tête d'un autre squelettoïde, brisant l'un et l'autre.

Il s'écroula, et Shaizan se faufila entre ses deux adversaires restants en tournoyant. Leurs revers s'entrechoquèrent bruyamment. Un coup de pied de Shaizan fit reculer l'un d'entre eux en titubant, et elle se précipita contre l'autre de toute sa masse pour le plaquer au mur. Les os s'entrechoquèrent et elle parvint à saisir la colonne vertébrale, puis à arracher plusieurs vertèbres.

Les os de la créature tombèrent à grand fracas. Shaizan se redressa en vacillant. Elle avait perdu trop de sang. Elle ralentissait. Quand avait-elle lâché le poignard ? Il avait dû glisser de ses doigts tandis qu'elle projetait le squelettoïde contre le mur.

Se concentrer. Il n'en restait plus qu'un.

Il la chargea, une épée dans chaque main. Elle se propulsa vers l'avant, de manière à se retrouver contre lui avant qu'il puisse frapper, et saisit les os de son avant-bras. Elle ne pouvait pas les arracher, pas sous cet angle. Avec un grognement, elle tint les épées à distance. De justesse. Elle faiblissait.

La créature se pressa contre elle. Shaizan grommela tandis que le sang coulait abondamment de son bras et de son flanc.

Elle assena un coup de tête à la créature.

C'était encore pire dans la vraie vie que dans les histoires. La vision de Shaizan s'assombrit et elle glissa à genoux, le souffle coupé. Le squelettoïde tomba devant elle et son crâne fêlé roula à terre sous l'impact. Du sang se mit à ruisseler sur la tempe de Shaizan. Elle s'était ouvert le front, souffrait peut-être même d'une fracture.

Elle bascula sur le côté et lutta pour rester consciente.

Lentement, le noir se dissipa.

Shaizan se retrouva entourée d'os éparpillés dans un couloir de pierre vide par ailleurs. La seule couleur était celle de son sang.

Elle avait gagné. Encore un défi remporté. Elle hurla une psalmodie de sa famille d'adoption, puis reprit son poignard et découpa des morceaux de son chemisier. Elle s'en servit pour panser ses plaies. Elle avait perdu beaucoup de sang. Même une femme aussi bien entraînée ne pourrait plus remporter d'autres défis pour la journée. Pas s'ils nécessitaient de la force.

Elle réussit à se lever et à récupérer la cape de Zu – toujours immobilisé par la douleur, il la regarda d'un air ébahi. Elle rassembla les cinq crânes des familiers du Marque-sang et les fourra dans la cape.

Quand ce fut terminé, elle se remit en marche le long du couloir, s'efforçant de dégager une impression de force – plutôt que l'épuisement, le vertige et la douleur qu'elle éprouvait en réalité.

*Il doit être ici quelque part…*

Elle ouvrit brusquement un placard de rangement au bout du couloir et trouva le Marque-sang allongé à l'intérieur, le regard voilé sous le choc d'avoir vu ses familiers détruits si vite les uns après les autres.

Shaizan agrippa le devant de sa chemise et le redressa brusquement. Le mouvement faillit de nouveau lui faire perdre connaissance. *Sois prudente.*

Le Marque-sang geignit.

– Retournez dans vos marais, gronda Shaizan tout bas. Celle qui vous attend se moque bien que vous soyez dans la capitale, que vous gagniez tant d'argent, que vous fassiez tout ça pour elle. Elle veut que vous rentriez. C'est pour ça que ses lettres sont formulées ainsi.

Shaizan avait prononcé ces mots pour Shai, qui se serait sentie coupable dans le cas contraire.

L'homme la dévisagea, perplexe.

– Comment est-ce que vous… Ahhrgh !

Il cria tandis que Shaizan lui plantait son poignard dans la jambe. Il s'effondra alors qu'elle relâchait sa chemise.

– Ça, lui dit tout bas Shaizan en se penchant, c'est afin de disposer d'un peu de votre sang. Ne me pourchassez pas. Vous avez vu ce que j'ai fait à vos familiers. Je vous ferai bien pire. J'emporte les crânes afin que vous ne puissiez plus les envoyer à ma poursuite. Rentrez… chez… vous.

Il hocha faiblement la tête. Elle le laissa recroquevillé, tremblant, tenant sa jambe en sang. L'arrivée des squelettoïdes avait chassé tous les autres, gardes compris. Shaizan se dirigea vers l'écurie, puis s'arrêta lorsqu'une idée lui traversa l'esprit. Ce n'était pas si loin...

*Tu as failli mourir de ces blessures,* se dit-elle. *Ne fais pas l'idiote.*

Elle décida de faire l'idiote malgré tout.

Peu de temps après, Shaizan entra dans l'écurie et n'y trouva que deux ou trois palefreniers effrayés. Elle choisit la monture la plus reconnaissable. Ainsi donc – vêtue de la cape de Zu et penchée sur l'encolure de son cheval – Shaizan put franchir au galop les portes du palais, et il n'y eut ni homme ni femme pour tenter de l'arrêter.

— Disait-elle la vérité, Gaotona ? demanda Ashravan en s'étudiant dans le miroir.

Gaotona leva les yeux depuis l'emplacement où il était assis. *Qu'en est-il ?* se demanda-t-il. Il ne pouvait jamais vraiment le savoir avec Shai.

Ashravan avait insisté pour s'habiller lui-même, bien qu'il fût encore manifestement affaibli d'être resté si longtemps alité. Assis près de lui sur un tabouret, Gaotona cherchait à démêler un déluge d'émotions.

— Gaotona ? insista Ashravan en se tournant vers lui. Ai-je été blessé, comme l'a dit cette femme ? Êtes-vous allés trouver une Faussaire pour me guérir, plutôt que nos rescelleurs expérimentés ?

— Oui, Majesté.

*Ses expressions,* songea Gaotona. *Comment les a-t-elle reproduites si précisément ? La façon dont il fronce les sourcils juste avant de poser une question ? Dont il incline la tête quand on ne lui répond pas immédiatement ? La façon dont il se tient, dont il remue les doigts quand il dit quelque chose qu'il estime particulièrement important…*

— Une Faussaire de MaiPon, poursuivit l'empereur en tirant sur son manteau doré. Je ne crois vraiment pas qu'il était nécessaire d'en arriver là.

— Vos blessures étaient au-delà des compétences de nos rescelleurs.

— Je croyais que rien ne l'était.

— Nous aussi.

L'empereur étudia le sceau rouge sur son bras. Son expression se crispa.

— Ce sera une entrave, Gaotona. Un poids.

— Vous le tolérerez.

Ashravan fit volte-face.

— Je constate que voir votre seigneur frôler la mort ne vous a pas enseigné le respect, vieil homme.

— Je suis fatigué ces temps-ci, Majesté.

— Vous me jugez, dit Ashravan en se retournant vers le miroir. Vous le faites toujours. Jours de flamme ! Un de ces quatre, je me débarrasserai de vous. Vous en êtes bien conscient, n'est-ce pas ? Si j'envisage même de vous garder ici, c'est uniquement à cause des services que vous m'avez rendus par le passé.

C'était troublant. C'était réellement Ashravan ; un Falsificat si précis, si parfait, que Gaotona n'aurait jamais deviné la vérité s'il ne la connaissait pas déjà. Il avait envie de croire que l'âme de l'empereur était restée présente tout du long dans son corps, et que le sceau n'avait fait que la… dévoiler.

Ce serait un mensonge bien pratique à se raconter. Peut-être Gaotona finirait-il par y croire. Malheureusement, il connaissait le regard de l'empereur et il savait… il savait ce que Shai avait fait.

– Je vais aller rejoindre les autres arbitres, Majesté, déclara Gaotona en se levant. Ils souhaiteront vous voir.

– Très bien. Vous pouvez vous retirer.

Gaotona se dirigea vers la porte.

– Gaotona.

Il pivota sur ses talons.

– Trois mois au lit, reprit l'empereur tout en s'examinant dans le miroir, sans que personne soit autorisé à me voir. Et les rescelleurs n'ont rien pu faire. Ils sont capables de soigner n'importe quelle plaie ordinaire. Le problème était lié à mon esprit, n'est-ce pas ?

*Il n'était pas censé le deviner*, se dit Gaotona. *Elle a promis qu'elle n'allait pas l'inscrire en lui.*

Mais Ashravan avait été un homme intelligent. Malgré tout, il avait toujours été intelligent. Shai l'avait recréé ainsi, et elle ne pouvait pas l'empêcher de réfléchir.

— Oui, Majesté, confirma Gaotona.

Ashravan laissa échapper un grognement.

— Vous avez de la chance que votre pari ait fonctionné. Vous auriez pu détruire mes facultés mentales - vous auriez pu vendre mon âme elle-même. Je n'arrive pas à décider si je dois vous punir ou vous récompenser pour avoir pris ce risque.

— Je vous assure, Majesté, répondit Gaotona, que je me suis moi-même accordé de grandes récompenses et infligé de grandes punitions ces derniers mois.

Il sortit alors, laissant l'empereur considérer son reflet dans le miroir et réfléchir aux implications de ce qui avait été fait.

Pour le meilleur ou pour le pire, l'empereur était de retour.

Ou, du moins, une copie de l'empereur.

## ÉPILOGUE : CENT UNIÈME JOUR

– Et j'espère donc, déclara Ashravan à l'assemblée d'arbitres des quatre-vingts factions, avoir fait taire certaines rumeurs pernicieuses. Ces exagérations de ma maladie étaient, de toute évidence, des rêves que certains prenaient pour des réalités. Il nous reste encore à découvrir qui avait envoyé les assassins, mais le meurtre de l'impératrice ne sera pas ignoré. (Il toisa les arbitres.) Pas plus qu'il ne demeurera impuni.

Bras croisés, Frava observait la copie avec une satisfaction mêlée de déplaisir. *Quelles portes dérobées avez-vous placées dans son esprit, petite voleuse ?* se demandait-elle. *Nous le découvrirons.*

Nyen étudiait déjà des copies des sceaux. Le Faussaire affirmait qu'on pouvait les décrypter rétroactivement, bien que la manœuvre risquât de prendre du temps. Peut-être des années. Malgré tout, Frava finirait par comprendre comment contrôler l'empereur.

La destruction des notes avait été une manœuvre habile de la part de la jeune fille.

Avait-elle deviné, d'une manière ou d'une autre, que Frava n'était pas réellement en train d'en faire des copies ? Frava secoua la tête et se dirigea vers Gaotona, installé dans leur loge du Théâtre des Orateurs. Elle s'assit près de lui et parla tout bas.

– Ils l'acceptent.

Gaotona hocha la tête sans quitter du regard l'empereur factice.

– Il n'y a même pas le moindre embryon de soupçon. Ce que nous avons fait... ce n'était pas seulement audacieux, c'était présumé impossible.

– Cette fille nous a mis un couteau sous la gorge, répondit Frava. La preuve de ce que nous avons fait est gravé dans le corps même de l'empereur. Nous allons devoir avancer prudemment ces prochaines années.

Gaotona acquiesça, l'air distrait. Jours de flamme, comme Frava regrettait de ne pouvoir le faire destituer. Il était le seul des arbitres à jamais prendre position contre elle. Juste avant son assassinat, Ashravan se tenait prêt à le faire sur la demande de Frava.

Ces rendez-vous avaient été privés. Shai n'était pas au courant, et la copie d'Ashravan ne le saurait donc pas non plus. Frava allait devoir reprendre le processus à zéro, à moins de trouver un moyen de contrôler cette copie. Chacune des deux options la frustrait.

— Une partie de moi n'arrive pas à croire à ce que nous avons fait, chuchota Gaotona tandis que l'empereur factice passait à la suite de son discours, un appel à l'unité.

Frava renifla.

— Le plan était solide sur toute la ligne.

— Shai s'est échappée.

— Nous la retrouverons.

— J'en doute. Nous avons eu de la chance de la capturer cette fois-là. Fort heureusement, je ne crois pas que nous ayons beaucoup à craindre d'elle.

— Elle va tenter de nous faire chanter, dit Frava.

*Ou chercher un moyen de contrôler le trône.*

— Non, répondit Gaotona. Non, elle est satisfaite.

— De s'être échappée vivante ?

— D'avoir placé une de ses créations sur le trône. À une époque, elle a osé tenter de duper des milliers de gens - et à présent elle a l'occasion d'en duper des millions. Un empire entier. À ses yeux, dévoiler ce qu'elle a fait reviendrait à en détruire la majesté.

Ce vieux crétin le croyait-il vraiment ? Sa naïveté était souvent une aubaine pour Frava ; elle avait envisagé de lui laisser son poste pour cette simple raison.

L'empereur factice poursuivait son discours. Ashravan avait toujours aimé s'écouter parler. La Faussaire avait bien saisi ce point.

– Il se sert de l'assassinat pour soutenir notre faction, fit observer Gaotona. Vous avez entendu ? Sa façon de suggérer que nous devons nous unir, coopérer, nous rappeler notre héritage de puissance… Et les rumeurs, celles que la Faction de la Gloire a propagées concernant sa mort… en y faisant allusion, il affaiblit celle-ci. Ils ont parié sur le fait qu'il ne reviendrait pas, et maintenant qu'il est de retour, ils passent pour des idiots.

– C'est vrai, admit Frava. Est-ce vous qui l'y avez incité ?

– Non, répliqua Gaotona. Il a refusé de me laisser le conseiller sur son discours. Mais cette manœuvre ressemble à ce qu'aurait pu faire l'ancien Ashravan, celui d'il y a dix ans.

– Dans ce cas, la copie n'est pas parfaite. Nous devrons nous en souvenir.

– Oui, dit Gaotona.

Il tenait quelque chose, un épais petit carnet que Frava ne reconnaissait pas.

Un bruissement retentit au fond de la loge, et une servante appartenant au Symbole de Frava entra et dépassa les Arbitres Stivient et Ushnaka. La messagère vint se placer au côté de Frava, puis se pencha.

Frava lui lança un regard mécontent.

– Que peut-il y avoir d'assez important pour que vous veniez me déranger ici ?

– Je suis désolée, Votre Grâce, chuchota la jeune femme. Mais vous m'avez demandé de préparer votre bureau du palais pour vos rendez-vous de l'après-midi.

– Eh bien ? demanda Frava.

– Y êtes-vous entrée hier, madame ?

– Non. Entre cette histoire de Marque-sang dévoyé, les requêtes de l'empereur et... (L'expression de Frava s'assombrit.) Que se passe-t-il ?

Shai se retourna pour contempler le Siège Impérial. La cité se déployait sur toute la longueur d'une chaîne de sept grandes collines ; trois de chaque côté étaient surplombées par la maison d'une des factions, et le palais dominait la colline centrale.

Le cheval qui marchait à ses côtés ne ressemblait guère à celui qu'elle avait volé au palais. Il lui manquait des dents et il allait la tête baissée et le dos voûté. Sa robe semblait n'avoir pas été brossée depuis une éternité, et il était tellement sous-alimenté que ses côtes saillaient comme les barreaux d'une chaise.

Shai avait passé les journées précédentes à faire profil bas, utilisant sa Marque Primordiale de mendiante pour se cacher dans les bas-fonds du Siège Impérial. Avec son déguisement, ainsi que celui du cheval, elle s'était échappée sans mal de la ville. Cependant, elle avait retiré sa

Marque une fois sortie. Penser comme la mendiante était… inconfortable.

Elle desserra la sangle de la selle du cheval, puis plongea la main en dessous et plaça un ongle contre le sceau luisant qui s'y trouvait. Elle en fit céder le bord au prix d'un petit effort, brisant ainsi la Falsification. Le cheval se transforma aussitôt, son dos se redressa, sa tête se releva, ses flancs enflèrent. Il se mit à piaffer d'un air hésitant, tirant sur les rênes, tournant la tête de gauche et de droite. Le destrier de Zu était un bel animal, qui valait plus qu'une petite maison dans certaines parties de l'empire.

Parmi les objets qu'il portait sur le dos se trouvait un petit tableau que Shai avait volé, une fois de plus, dans le bureau de l'Arbitre Frava. Une copie. Shai n'avait jamais eu de raisons de voler une de ses propres œuvres jusqu'à présent. C'était… amusant. Elle avait laissé le grand cadre vide avec une unique rune Réo taillée au milieu du mur derrière lui. Son sens n'était pas très poli.

Elle tapota l'encolure de sa monture. Tout bien réfléchi, ce n'était pas un butin négligeable. Un superbe cheval et un tableau qui, bien que factice, était si réaliste que même sa propriétaire l'avait pris pour l'original.

*Il est en train de prononcer son discours,* songea Shai. *J'aurais aimé l'entendre.*

Son joyau, son chef-d'œuvre, portait la cape du pouvoir impérial. Cette idée l'enivrait, mais c'était cette ivresse même qui l'avait poussée à avancer. Même le fait de le ramener à la vie n'avait pas été la cause de son ardeur à la tâche. Non, au bout du compte, elle s'était dépassée parce qu'elle avait voulu laisser quelques changements bien précis enracinés dans cette âme. Peut-être ces mois de franchise envers Gaotona l'avaient-ils transformée.

*Si vous tracez encore et encore une image sur une pile de papiers,* songea Shai, *au bout du compte, les feuilles inférieures contiendront la même image elle aussi. Incrustée profondément.*

Elle se retourna et sortit la Marque Primordiale qui la transformerait en chasseuse survivaliste. Puisque Frava s'attendrait que Shai voyage par les routes, elle s'enfoncerait plutôt vers le cœur de la Forêt sogdienne toute proche. Ces profondeurs la cacheraient efficacement. D'ici à quelques mois, elle sortirait prudemment de la province et passerait à la tâche suivante : retrouver la trace du Fou Impérial qui l'avait trahie.

Pour l'heure, elle voulait s'éloigner des murs, des palais et des mensonges de la cour. Shai se hissa en selle et fit ses adieux au Siège Impérial comme à l'homme qui le dirigeait à présent.

*Vivez bien, Ashravan,* songea-t-elle. *Et rendez-moi fière.*

Plus tard ce soir-là, après le discours de l'empereur, Gaotona était assis près de la cheminée familière de son bureau personnel et parcourait le carnet que Shai lui avait donné.

Et il s'émerveillait.

C'était une copie détaillée du spiritampe de l'empereur, agrémentée de notes. Tout ce qu'avait fait Shai était exposé à ses yeux.

Frava ne trouverait pas de faille à exploiter pour contrôler l'empereur, car il n'y en avait pas. L'âme de l'empereur était entière, solidement verrouillée, et n'appartenait qu'à lui. Ce qui ne signifiait pas pour autant qu'il était parfaitement identique à ce qu'il avait été.

*J'ai pris quelques libertés, comme vous le voyez,* expliquaient les notes de Shai. *Je voulais reproduire son âme le plus fidèlement possible. C'était ma tâche et mon défi. Je m'en suis acquittée.*

*Ensuite, j'ai poussé l'âme quelques crans plus loin, renforcé certains souvenirs, en ai affaibli d'autres. J'ai enraciné profondément en Ashravan des déclencheurs qui l'inciteront à réagir d'une manière bien précise à l'assassinat ainsi qu'à sa guérison.*

*Ça ne revient pas à transformer son âme. Ni à faire de lui quelqu'un d'autre. Simplement à l'encourager discrètement à emprunter un certain chemin, un peu comme un arnaqueur des rues entraîne sa cible à choisir une certaine carte. La personne qu'il aurait pu être.*

*Qui sait ? C'est peut-être celle qu'il aurait été.*

Gaotona ne l'aurait jamais compris seul, bien entendu. Ses talents étaient faibles en ce domaine. Même s'il avait été un virtuose, il n'y aurait sans doute jamais vu l'œuvre de Shai. Elle expliquait dans le carnet que son intention avait été de se montrer si subtile, si prudente, que personne ne serait en mesure de déchiffrer ses modifications. Il faudrait connaître l'empereur extrêmement bien pour ne serait-ce que soupçonner ce qui s'était passé.

Grâce à ces notes, Gaotona le percevait. Avoir frôlé la mort plongerait Ashravan dans une profonde introspection. Il reprendrait son journal et relirait encore et encore les passages relatifs à sa jeunesse. Il verrait ce qu'il avait été, et chercherait enfin réellement à le redevenir.

Shai indiquait que la transformation serait lente. Sur une période de plusieurs années, Ashravan deviendrait l'homme qu'il avait autrefois semblé destiné à devenir. D'infimes inclinations enfouies profondément dans les interactions de ses sceaux le porteraient doucement à l'excellence plutôt qu'à la complaisance. Il se mettrait à réfléchir à son héritage plutôt qu'au festin suivant. Il se rappellerait son peuple, pas ses rendez-vous à dîner. Il ferait enfin pression sur les factions pour provoquer les changements dont il avait, ainsi que beaucoup d'autres avant lui, constaté la nécessité.

En un mot, il deviendrait un combattant. Il ferait ce pas unique – mais si difficile – permettant de franchir la ligne qui sépare ceux qui rêvent de ceux qui agissent. Gaotona le voyait dans ces pages.

Il se surprit à pleurer.

Pas pour l'avenir, ni pour l'empereur. C'étaient là les larmes d'un homme qui voit devant lui un chef-d'œuvre. L'art véritable allait au-delà de la beauté ; au-delà de la technique. Ce n'était pas une simple imitation.

C'était l'audace, le contraste, la subtilité. Dans ce carnet, Gaotona trouvait une œuvre rare, à même de rivaliser avec celles des peintres, des sculpteurs et des poètes les plus renommés de toutes les époques.

C'était la plus grande œuvre d'art qu'il avait jamais contemplée.

Gaotona tint le carnet avec déférence la majeure partie de la nuit. C'était le fruit de mois de transcendance artistique intense et exaltée - création entreprise sous la contrainte, mais libérée comme un souffle retenu jusqu'au bord de l'effondrement. Brute, mais raffinée. Téméraire, mais calculée.

Stupéfiante, mais invisible.

Elle devrait le rester. Si quiconque découvrait ce que Shai avait fait, l'empereur tomberait. En réalité, l'empire lui-même risquait de vaciller. Personne ne pouvait savoir que la décision d'Ashravan de devenir enfin un grand souverain avait été mise en œuvre grâce à des mots gravés dans son âme par une blasphématrice.

Quand le jour se leva, Gaotona se redressa lentement – au prix d'une douleur intense – dans son fauteuil près de la cheminée. Il serra le carnet, cette incomparable œuvre d'art, et le tendit devant lui.

Puis il le lâcha dans les flammes.

## Postface

Lors des cours d'écriture, on m'a souvent dit : « Écrivez sur ce que vous connaissez. » C'est un adage que les écrivains entendent régulièrement et qui me laissait perplexe. Écrire sur ce que je connaissais ? Comment faire ? J'écris de la fantasy. Je ne peux pas savoir ce que c'est d'utiliser la magie - d'ailleurs, je ne sais pas non plus ce que c'est d'être une femme, mais j'ai envie d'écrire sous différents angles.

À mesure que je gagnais en maîtrise, j'ai commencé à comprendre ce que signifiait cette phrase. Même si, au sein de ce genre, nous écrivons sur des sujets fantastiques, les histoires fonctionnent mieux lorsqu'elles s'enracinent solidement dans notre monde. La magie fonctionne mieux pour moi quand elle s'aligne sur des principes scientifiques. La création d'univers fonctionne mieux quand elle puise dans les sources de notre monde. Les personnages fonctionnent mieux quand ils sont ancrés dans des émotions et des expériences humaines solides.

Être écrivain, de ce point de vue, repose autant sur l'observation que sur l'imagination.

Je m'efforce de me laisser inspirer par les nouvelles expériences. J'ai eu, à cet égard, la chance inouïe de voyager fréquemment. Quand je visite un nouveau pays, j'essaie de laisser la culture, les gens et les expériences que j'y rencontre donner naissance à des histoires.

Récemment, j'ai visité Taïwan et eu la chance de visiter le Musée national du Palais en compagnie de mon éditrice Sherry Wang et de ma traductrice Lucie Tuan qui jouaient les guides. Personne ne peut absorber des milliers d'années d'histoire chinoise en quelques heures, mais nous avons fait de notre mieux. Fort heureusement, j'avais déjà quelques notions de l'histoire et des traditions asiatiques. (J'ai vécu deux ans en Corée en tant que missionnaire SDJ, puis j'ai étudié le coréen en matière secondaire à l'université.)

Les germes d'une histoire ont commencé à naître dans ma tête à la suite de cette visite. Ce qui m'avait fait la plus forte impression, c'étaient les tampons. Nous les appelons parfois *chops* en anglais, mais je les ai toujours appelés par leur nom coréen, *tojang*. En mandarin, on les appelle *yìnjiàn*. Ces tampons de pierre sculptés avec complexité sont utilisés pour les signatures dans de nombreuses cultures asiatiques.

Lors de ma visite du musée, j'ai remarqué un grand nombre de ces tampons rouges familiers.

Certains étaient, bien entendu, les tampons des artistes - mais il y en avait d'autres. L'une des calligraphies en était couverte. Lucie et Sherry me l'ont expliqué : dans la Chine ancienne, les érudits et les nobles, lorsqu'ils aimaient une œuvre d'art, y apposaient parfois leur propre tampon. Un empereur en particulier, qui adorait le faire, choisissait de magnifiques sculptures ou morceaux de jade - vieux de plusieurs siècles - pour y faire graver son tampon et parfois quelques vers de sa propre poésie.

Quelle fascinante vision des choses. Imaginez que vous soyez un roi, décidiez que vous aimez particulièrement le *David* de Michel-Ange, et fassiez donc graver votre signature sur sa poitrine. C'était plus ou moins l'équivalent.

Cette idée était tellement frappante que j'ai commencé à jouer avec un tampon magique dans ma tête. Des spiritampes, capables de réécrire la nature de l'existence d'un objet. Comme je ne voulais pas m'approcher trop près des Spiricantes de l'univers de Roshar, je me suis plutôt inspiré du musée, de la notion d'histoire, pour développer une magie qui permettait de réécrire le passé d'un objet.

Le récit est parti de là. Puisque la magie s'alignait pour l'essentiel sur un système que j'avais développé pour Sel, l'univers dans lequel se déroule *Elantris*, c'est là que je l'ai situé. (Comme j'y avais créé plusieurs cultures inspirées par celles de l'Asie de notre monde, ça collait parfaitement.)

On ne peut pas toujours écrire sur ce que l'on connaît – pas précisément. On peut, en revanche, écrire sur ce que l'on voit.

Brandon Sanderson

REMERCIEMENTS

Un livre comme celui-ci paraît avec un seul nom sur la couverture, mais une œuvre n'est jamais créée à partir de rien. Ce que je crée n'existe que grâce aux nombreuses épaules sur lesquelles je peux m'appuyer.

J'ai déjà mentionné que l'idée de ce livre m'était venue lors d'un voyage à Taïwan. Tous mes remerciements à Lucie Tuan et Sherry Wang, à qui ce livre est dédié, pour m'avoir fait visiter la ville. J'aimerais également remercier Evanna Hsu et l'ensemble de la Fantasy Foundation pour avoir fait de ce séjour une expérience aussi intense. Un grand merci à Gray Tan (mon agent taïwanais) qui a facilité ce voyage, ainsi qu'à mon agent américain Joshua Bilmes et toute l'équipe de JABberwocky.

Travailler avec Jacob Weisman et Jill Roberts de Tachyon a été extrêmement agréable, et je les remercie d'avoir donné un foyer à ce livre. Merci également à Marty Halpern pour les corrections et la relecture d'épreuves. La superbe illustration de couverture est due à Alexander Nanitchkov, et je n'aurais pas pu rêver mieux.

C'est à Mary Robinette Kowal que je dois la structure actuelle de cette novella ; elle m'a aidé à comprendre que le prologue d'origine ne servait pas au mieux l'intégrité du récit. Moshe Feder s'est surpassé à la tâche (et ce, chez un autre éditeur) pour me fournir de judicieuses corrections sans lesquelles ce livre aurait été nettement moins bon. J'ai également reçu des retours non néligeables de Brian Hill, Isaac Stewart et Karen Ahlstrom.

Comme toujours, je remercie affectueusement ma famille, en particulier mon épouse Emily. Par ailleurs, tous mes remerciements à l'insubmersible Peter Ahlstrom, qui a travaillé sans relâche sur ce projet. (Allant jusqu'à me pousser à écrire cette page de remerciements alors que j'avais oublié de le faire une bonne douzaine de fois.)

Ma gratitude infinie à vous tous.

Brandon

# Table


Prologue .......... 9
Deuxième jour .......... 13
Troisième jour .......... 35
Cinquième jour .......... 51
Douzième jour .......... 53
Dix-septième jour .......... 63
Trentième jour .......... 73
Quarante-deuxième jour .......... 93
Cinquante-huitième jour .......... 101
Cinquante-neuvième jour .......... 107
Soixante-dixième jour .......... 113
Soixante-seizième jour .......... 121
Quatre-vingt-cinquième jour .......... 141
Quatre-vingt-dix-septième jour .......... 145
Quatre-vingt-dix-huitième jour .......... 151
Épilogue : cent unième jour .......... 185
Postface de l'auteur .......... 197
Remerciements .......... 201

# Brandon Sanderson dans Le Livre de Poche

## Alcatraz

1. *Alcatraz contre les infâmes Bibliothécaires* n° 33109

Alcatraz Smedry n'est pas aidé par la nature : son nom est ridicule, il est extrêmement maladroit et il est orphelin. Mais le jour de son treizième anniversaire, sa vie prend une tournure inattendue.

2. *Alcatraz contre les Ossements du Scribe* n° 33110

Flanqué de sa cousine, Australie, de son oncle Kazan et de l'indomptable Bastille, Alcatraz part à la recherche de son père qui aurait disparu dans la terrible Bibliothèque d'Alexandrie.

3. *Alcatraz contre les traîtres de Nalhalla* n° 33111

Alcatraz est un type super, génial même. C'est ce que tout le monde lui répète depuis qu'il est arrivé à Nalhalla, la cité des Royaumes Libres. Mais peut-il faire confiance à ses hordes d'admirateurs ? Surtout que Nalhalla grouille d'infâmes Bibliothécaires.

4. *Alcatraz contre l'Ordre du Verre Brisé* n° 33112

Dans cette dernière aventure, Alcatraz affronte une armée de Bibliothécaires – et leurs robots géants – dans le but de conquérir le royaume de Mokia.

*Cœur d'acier* n° 33608

Il y a dix ans, un éclat venu du ciel a frappé des hommes et des femmes parmi les plus malveillants, leur conférant d'incroyables pouvoirs. On les a appelés les Épiques. Leurs intentions ne sont pas bonnes…

*Elantris* n° 32172

Il y a dix ans, Elantris, capitale de l'Arélon, a été frappée de malédiction. Ses portes sont désormais closes et nul ne sait ce qui se passe derrière ses murailles.

## Fils-des-Brumes

1. *L'Empire Ultime* n° 32373

Les brumes règnent sur la nuit, le Seigneur Maître sur le monde. Vin ne connaît de l'Empire Ultime que les brumes de Luthadel, les pluies de cendre et le regard d'acier des Grands Inquisiteurs. Depuis plus de mille ans, le Seigneur Maître gouverne les hommes par la terreur.

2. *Le Puits de l'Ascension* n° 32374

Vin, la gamine des rues devenue Fille-des-Brumes, et Elend Venture, le jeune noble idéaliste, doivent construire un nouveau gouvernement sur les cendres de l'Empire. Mais trois armées menées par des factions hostiles font le siège de Luthadel.

3. *Le Héros des siècles* n° 32375

En essayant de fermer le Puits de l'Ascension, Vin a laissé s'échapper une des formes maléfiques de l'Insondable. Depuis, les Inquisiteurs et les brumes font toujours plus de victimes, tandis que les cendres qui tombent du ciel menacent d'affamer les hommes et d'ensevelir le pays.

4. *L'Alliage de la justice* n° 33240

Kelsier, Vin, Elend et les autres font désormais partie de l'Histoire - ou de la religion. Les chemins de fer côtoient les canaux, les rues sont éclairées à l'électricité et les premiers gratte-ciel partent à l'assaut des nuages. Mais les anciennes magies allomantique et férochimique existent toujours.

*Légion* n° 33295

Légion : c'est aussi le surnom de Stephen Leeds, cet homme dont le cerveau a la capacité unique de générer de multiples avatars. Des hallucinations, comme il les appelle, qui vivent avec lui pour le meilleur et pour le pire.

*Légion. À fleur de peau* n° 33999

Stephen Leeds est investi d'une nouvelle mission : retrouver un corps qui a été dérobé à la morgue locale. Le cadavre est celui d'un pionnier dans le domaine de la biotechnologie expérimentale, un homme qui travaillait sur l'usage du corps humain en tant qu'espace de stockage. Il se peut qu'avant sa mort il ait incorporé des données dans ses propres cellules. Ce qui pourrait se révéler dangereux…

## Les Archives de Roshar

*La Voie des rois* 1 n° 34146

Roshar, monde de pierres et de tempêtes. Des siècles ont passé depuis la chute des Chevaliers Radieux, mais leurs avatars, des épées et des armures mystiques qui transforment des hommes ordinaires en guerriers invincibles, sont toujours là. Pour elles, les hommes s'entre-déchirent. Dans le paysage dévasté des Plaines Brisées, Kaladin, enrôlé de force, lutte dans une guerre insensée qui dure depuis dix ans.

*La Voie des rois* 2 n° 34147

« Je me souviens des jours avant l'Ultime Désolation. Avant que les Hérauts ne nous abandonnent, et que les Chevaliers Radieux se retournent contre nous. Des jours où la magie était encore de ce monde, et l'honneur dans le cœur des hommes. Aujourd'hui nous surveillons quatre personnes. […] Le monde changera. La magie des anciens jours sera de nouveau la nôtre. Ces quatre personnes sont la clé. L'une d'entre elles nous aidera. Et l'une d'entre elles nous détruira. »

*Warbreaker* n° 33295

Deux sœurs, Vivenna et Siri ; un Dieu-Roi que l'une d'elles doit épouser ; Chanteflamme, un dieu qui n'aime pas son travail ; Vasher, un immortel qui tente de réparer les erreurs qu'il a jadis commises ; Saignenuit, sa mystérieuse épée… Dans leur monde, celui qui meurt auréolé de gloire devient un dieu.

*Du même auteur :*

ELANTRIS, Orbit, 2009
1. Chute
2. Rédemption

FILS-DES-BRUMES, Orbit
1. L'Empire Ultime, 2010
2. Le Puits de l'Ascension, 2010
3. Le Héros des siècles, 2011
4. L'Alliage de la justice, 2013
5. Jeux de masques (Le Livre de Poche, 2017)
6. Les Bracelets des Larmes (Le Livre de Poche, 2018)

ALCATRAZ
1. Alcatraz contre les infâmes Bibliothécaires, Mango – Jeunesse, 2010
2. Alcatraz contre les Ossements du Scribe, Mango – Jeunesse, 2010
3. Alcatraz contre les traîtres de Nalhalla, Le Livre de Poche, 2013
4. Alcatraz contre l'Ordre du Verre Brisé, Le Livre de Poche, 2013

WARBREAKER, Orbit, 2012
CŒUR D'ACIER, Orbit, 2014

Cœur d'acier, Orbit, 2014

Légion, Le Livre de Poche, 2014

Les Archives de Roshar, Le Livre de Poche
1. La Voie des rois (2 vol.) (2015)
2. Le Livre des Radieux (2 vol.) (2017)
3. Justicière (2 vol.) (2019)
4. Rythme de guerre (2 vol.) (2021)

Légion. À fleur de peau, Le Livre de Poche, 2015

Cœur d'acier. Brasier, Le Livre de Poche, 2016

Les légions de poussière, Fleuve éditions, 2016

Cœur d'acier. Calamité, Le Livre de Poche, 2018

Sixième du Crépuscule *et autres nouvelles,*
Le Livre de Poche, 2018

Skyward, Le Livre de Poche
1. Vers les étoiles (2020)
2. Astrevise (2022)

PAPIER À BASE DE FIBRES CERTIFIÉES

Le Livre de Poche s'engage pour l'environnement en réduisant l'empreinte carbone de ses livres. Celle de cet exemplaire est de :
400 g éq. $CO_2$
Rendez-vous sur www.livredepoche-durable.fr

Composition réalisée par PCA

---

Achevé d'imprimer en France par
CPI BUSSIÈRE (18200 Saint-Amand-Montrond)
en juin 2022
N° d'impression : 2066076
Dépôt légal 1re publication : juin 2022
Édition 07 - juillet 2022
LIBRAIRIE GÉNÉRALE FRANÇAISE
21, rue du Montparnasse – 75298 Paris Cedex 06